金沢 男川女川殺人事件

梓 林太郎

目次

本書関連地図
金沢駅
近江町市場
浅野川
(女川)
ひがし茶屋街
長町武家屋敷跡
金沢城公園
香林坊
兼六園
金沢21世紀美術館
にし茶屋街
犀川
(男川)
N

一章　夏見《なつみ》の憂鬱《ゆううつ》

1

ハルマキがこしらえているソース焼きそばの匂いが、まどろんでいた腹の虫を目覚《めざ》めさせた。彼女は毎日、正午に合わせて昼食の準備をしているのだが、きょうはどこで手間どったのか十分は遅くなりそうだ。

パソコンの画面をにらんでいたサヨコが、野鳥の鳴き声を真似《まね》たような声を出して、伸びをした。彼女はかならずテレビをつける。正午からのニュースを観《み》ながらの昼食だ。

サヨコがテレビのリモコンに手を触れた瞬間、入口のドアが半分開いた。ノックもなかったし声も掛けられなかった。サヨコは暗い森林で野獣を見たような声を上げ、自分の肩を両手でつかんだ。

「いましたね、三人とも」

男にしては色白の顔がぬっと突き出てきた。「女性サンデー」編集長の牧村《まきむら》だ。きょうの彼は、どこで拾ったのかだれにもらったのか、白い縁《ふち》のメガネを掛けている。ジャケットはグレーの地に紺《こん》と臙脂《えんじ》のチェック。

「急に、なんの用?」

茶屋次郎《ちゃやじろう》はデスクにペンを置いた。

「なんの用はないでしょ。二週間も三週間も前から、次の名川《めいせん》シリーズの取材地をどこにするか決めてってお願いしていたじゃないですか。来週号には予告を打ちたいんです」

「それ、編集部が決めて、あんたが返事をよこすことになってたんじゃ」

「そういったこともありましたけど、先生には、生きてるうちにどうしても見ておきたい川があるだろうと思ったんで、ご自身で決めてくださいって、お願いしたじゃありませんか」

「そうだったか」

「そうですよ」

牧村は鼻をぴくりと動かすと、調理台を隠すための衝立《ついたて》のほうへ首を伸ばした。

「牧村さん。わたしのつくったものでよろしければ、一人前追加しますけど」

ハルマキだ。

「よろしいどころか、ぜひぜひ」

サヨコが立っていって、牧村にソファをすすめた。

サヨコは手ぎわがいい。ハルマキの横で来客用の湯呑にお茶を注ぐと、牧村の前へ置いた。

「牧村さん。おしゃれですね」

サヨコは白い縁のメガネを指しているらしい。

牧村はサヨコを見上げて、にっと笑った。東京にもそう何人もいないだろうと思われる、とびぬけた容姿のサヨコが気がついてくれたのがうれしいのだろう。

茶屋の目には、牧村のメガネの色は似合っていない。もとから彼には、自分がどんなものを身に着ければ似合うかなど分かっていない。着るものの色や柄を選ぶセンスが乏《とぼ》しいのだ。ときにはミカンのような色のジャケットを着たり、ピンクの地に緑色の女性の顔を貼りつけたようなネクタイをする。彼の妻は夫の服装に気を遣《つか》わないのか。それともミカン色のジャケットは妻の見立てなのか。

ソース焼きそばが出来た。黒っぽいそばの上で幅の広いカツオブシがのたうちまわっている。

「うまい。ハルマキさんは、料理が上手ですね」

「料理なんていえるほどのものでは」

ハルマキは衝立の陰でいった。

サヨコはニュースを観ながら箸《はし》を使ったが、「青ノリが足りないよ」と文句をつけた。

「先生。次の取材地は函館《はこだて》にしませんか？」

「函館は、川じゃなくて、海じゃないか」

「函館にもちゃんと川はあるんです。温泉の名が湯《ゆ》の川《かわ》じゃないですか。亀田《かめだ》川は五稜郭《ごりょうかく》と市の中心街を貫流。湯《ゆ》の沢《さわ》川と松倉《まつくら》川は湯の川温泉で合わさり、いずれも津軽《つがる》海峡へ注ぐんです」

「知らなかった」

「ダメですよ。週刊誌に名川シリーズを連載して、世間に名前が知られるようになった茶屋次郎が、函館の川を知らなかったなんていったら、函館での、いや北海道での『女性サンデー』の読者は減ってしまいます」

茶屋は、そうかなと首をかしげた。牧村は以前から函館の川を知っていたのではなくて、最近か、あるいはきのう、だれかに聞いたのではないか。彼に話した人は函館出身では。自分が生まれ育った土地を流れている川を週刊誌に取り上げてほしいので、サケが遡《そ》上《じょう》する風景でも語ったのではないか。

「女性サンデー」編集部には、全国各地の読者から、わたしの住んでいる町を流れている川をぜひ名川にして、という手紙やメールが届いているが、なかには溝《みぞ》としかいえないような幅の川を指していることもある。川の名が優雅であったりすると、どんな川かを市町村役場へ問い合わせてみる。するとそこの職員でさえ存在を知らない川もあった。

牧村は、次の名川シリーズは函館と、押しつけるようにしてソファを立つと、ハルマキにもう一杯お茶を要求した。焼きそばがしょっぱかったにちがいない。

茶屋事務所を牧村が出ていくと、それを待っていたかのように、茶屋のデスクの電話が鳴った。

「先日は、ありがとうございました」

女性にしてはいくぶん低いが、澄《す》んだいい声だ。赤坂《あかさか》のクラブ・梅《うめ》もとのホステスの夏《なつ》見《み》である。

梅もとは、映画やテレビドラマ制作会社が利用することのある店で、茶屋は先週、プロデューサーと飲みにいった。最初にいったのは二年ほど前。ホステスが五、六人いて、客はテレビ局関係者か、付近の企業の社員がおもだと五十半《なか》ばのママがいっていた。

最初に夏見と会ったとき、二十四、五歳だろうと茶屋は見当をつけた。微笑を浮かべて、客が話す顔をじっと見ているのが印象に残った。出身地を訊《き》くと、やや低い声で、『長野県です』とだけ答えた。長野県のどこかと訊くと、『岡谷《おかや》市です』と、まるで小、中学生のような答えかたをした。岡谷か、と彼がいうと、『ご存じなんですか』といった。

『岡谷市へいったことはないが地名を知っている人は多いと思う。諏訪《すわ》湖に面していて、天竜川《てんりゅう》の水源だ。大正期には製糸工業都市として全国的に知られたし、近年は精密機械工業が盛んじゃないか。長野県のなかでも広く知られている地方都市だ』茶屋がいうと、よく知っているのねというふうに彼を見つめた。彼女は、松本《まつもと》市の短大を卒業して、塩尻《しおじり》市に生産部門のある企業の東京本社に採用された。三年後、その企業の子会社に転属した。残業のない職場なので、毎週、火曜から金曜まで梅もとでアルバイトをしているのだと語った。彼女のようなケースは珍《めずら》しくない。銀座《ぎんざ》や新宿《しんじゅく》のクラブやスナックで働いている女性の大半が、昼間は会社勤《づと》めだ。

夏見が茶屋に電話をよこしたのは初めてではない。彼の記憶では二回電話があって、二回食事をして店へ同伴した。

ホステスというのは、少しばかり気取った店で日ごろ口にできないものを食べたいから客を誘うのではない。店へ同伴してもらうのがだいいちの狙《ねら》いなのだ。客を連れてこられる女性は値打ちがある。ママがよろこんでくれる。しょっちゅういろんな客と食事をして、同伴すれば、給料を上げてもらえる幸運にも恵まれる。

「茶屋先生は、お忙しいんでしょうね?」

いくぶん遠慮《えんりょ》がちだが、かねてからいってみたい食事どころでもあって、その店へ一緒にというのか、それとも彼女にはしばらく同伴出勤の日がなかったので、ママから客を誘えとつつかれたのではないか。

茶屋は、暇《ひま》ではない、と予防線を張った。

「お願いがあるんです。茶屋先生に聞いていただきたいことがあるんです。近いうちにお会いできないでしょうか。土、日の昼間でも結構ですので」

若い女性が、聞いていただきたいお願いというのだから、もしかしたら金銭問題ではと勘繰《かんぐ》った。だが夏見は会社勤めのうえに夜のアルバイトをしているのだから、暮らしが厳しいということではなかろう。旅行作家の茶屋と一緒に、ひっそりとした温泉地へいきたいというのでもなさそうだ。訪ねたい土地はあるだろうが、女性のほうから連れてってとはいい出さないだろうし、少し深刻そうな声で、「お願いがあるんです」とはいわないと思う。要するに彼女のお願いは、身の上相談にちがいない。

彼女は、会いたいといっているのだから、電話で、どんなことかと尋《たず》ねるのは軽薄《けいはく》な気がした。それで、あすは土曜なので、昼食でもと茶屋がいうと、

「ありがとうございます。お忙しい先生に、無理をいってすみません」

と、頭を下げているようないいかたをした。

どこで会うのが都合《つごう》がいいのかと訊いてやるのが、やさしさと礼儀である。

去年のことだったが牧村は、新宿歌舞伎町《かぶきちょう》にオープンして間もなくのクラブへ四、五回つづけて飲みにいった。その店のメルロというハーフのホステスに熱くなったからだ。茶屋は牧村に誘われてそのクラブでメルロに会った。身長一七〇センチで、髪はブラウン。面長《おもなが》で目は丸くて大きく、鼻は高く、やや厚めの唇《くちびる》は濡れているような妖《あや》しい光沢《こうたく》をも

っており、蠟《ろう》のような白い肌は、母親が日本人というのが信じられなかった。

牧村はメルロのネイルアートを施した白い手を何度もにぎっていた。酒を飲むよりも彼女の長い指をしゃぶりたいといっているようだった。彼が彼女を食事に誘うと、『ほんとに。うれしい。ありがとう』といって、彼女は彼の指の短い手をにぎり返した。

メルロは、昼間はダンス教室でインストラクターをしているという。この職業にも牧村は関心を持ったようだった。彼とメルロは平日の夕暮れどきに新宿のカフェで落ち合ったあと食事ということになった。牧村が彼女の先に立って足を向けたのは歌舞伎町のラブホテル街にある焼肉店。彼には食事のあとでのたくらみがあったのだし、彼女は周辺の雰囲気を察して彼の希望に沿うものと思い込んでいたのだが、焼肉店に近づいたところでメルロの足がとまった。『わたし、こういうところは、嫌なの』といって引き返そうとした。牧村の頭には、その日のストーリーが組まれていた。それが彼女の一言で台なしになった。彼からは食欲が失《う》せた。歩く気力さえ萎《な》え、ふらふらとコンビニに入った。以来、メルロとは会っていないようである。

2

夏見の話を聞く場所を西新宿のホテル・ヒルトンのラウンジにしたのは、彼女の住所が中野《なかの》区の新宿区との境だと聞いたからだ。茶屋は正午きっかりに正面玄関を入った。

茶屋はきのう、夏見の電話を受けたあと、彼女の相談に応じることを、サヨコとハルマキに話した。

『その女性、何歳ですか？』

パソコンの前からサヨコが訊いた。

『二十五、六だと思う』

『若い』

ハルマキだ。

『きれいな人なの？』

サヨコの言葉がぞんざいになった。

『まあ、十人並みだな』

茶屋は夏見から、『お願いがあるんです』といわれただけで、相談の内容についてはかけらも聞いていない。

『どんなことでしょうね』

ハルマキは立ったまま顎《あご》に手をやった。

『若い女のコが、茶屋先生にたっての相談。……その人、先生の本を読んでるの？』

『週刊誌の名川シリーズは読んでいるっていったことがある』

ってたら
『その人には、タチのよくない男がついている。その男とうまく手を切るにはどうしたらっていう話じゃないかしら』

『もしその手の相談だったら、私は断わる。そういう男女のなかへ割って入るのは、苦手なんだ』

話の内容によっては茶屋は知り合いの弁護士を紹介しようとも思っている。

『その女性、先生が独身で、独《ひと》り暮らしっていうのを、知ってるんですか？』

ハルマキはなにを想像したのか一歩、茶屋のデスクに近づいた。

『知らないはずだ。訊かれた憶《おぼ》えはない』

『どこで、何時に会うの？』

サヨコは腕組みした。

ヒルトンのラウンジで正午にだと答えると、

『いったことない』

『わたしも』

二人は茶屋に光った目を向けた。

『そこにしてって、女がいったの？』

サヨコは椅子《いす》をずらした。

ラウンジのテーブルの八割がたを客が埋めていた。白っぽい服装の人が増えたなと思って見渡すと、奥の席から女性が立ち上がった。夏見だった。彼女は茶屋がテーブルに近づくまでに、二度頭を下げた。

「そのシャツ、いい色だね」

茶屋は、ゆったりとした半袖に手を触れたいくらいだった。

「そうですか。わたし、空色とか水色が好きなんです」

彼女は自分のうすい青のシャツを見る目をした。

「その色を昔は、勿忘草《わすれなぐさ》色っていったんだ」

「知りませんでした」

最近はすぐにスマートフォンで検索する人がいるが、彼女には古風な一面があるのか、バッグからベージュの表紙のノートを出し、茶屋がいった色の字を聞いてメモした。

茶屋はアイスコーヒーを、彼女はアイスティーを飲んで、和食レストランへ移った。和食を希望したのは彼女だ。

ビールを飲みながら料理をオーダーすると、彼女は「相談」を語ったが、それは茶屋の想像とはまったくかけはなれていた。

「茶屋先生は、有森竜祐《ありもりりゆうすけ》さんを知っていますか？」

「名前は知っています。有名な作家なので。知り合いじゃないが。……最近は雑誌でも名前を見掛けないし、新刊も出ていないようだが」

有森竜祐はサスペンスものを書くし、時代小説も書く器用な作家だとみていた。十年ほど前まではいくつもの月刊誌に小説を連載していた。茶屋は毎朝《まいちょう》新聞の夕刊で、都会と山岳地で同時に殺人の起こるサスペンス小説を、わくわくしながら読んでいたのを憶えている。その連載が完結して一年あまりすると、新聞に大きな広告が載り、書店にはその本が山のように積まれていて、茶屋はうらやましい思いをしたものだ。

「あんたは、有森さんの知り合いなの？」

「じつはわたし、有森さんと一緒に住んでいたんです。いまも、一緒に住んでいることになっているんです」

「えっ」

茶屋はあやうく、ビールのグラスを取り落とすところだった。

「いつから、一緒に？」

「三年前からです」

「女性に年齢を訊くのは失礼かもしれないが、あんたは、いま、いくつ？」

「二十七です」

「有森さんは？」

「七十五です」

二十四歳のとき、七十二歳の男と一緒に住むことになったのか。茶屋が手にしているグラスから泡が消えてしまいそうな気がしたが、夏見の話を聞かないわけにはいかない。

彼女は話を詳しく聞いてもらうには、自分の身元を証明しなくてはと思ったらしく、運転免許証を出して見せた。唐沢《からさわ》夏見、住所は東京都中野区。二十七歳もまちがいなかった。

有森竜祐を知ったのは梅もとでだった。彼が出版社の人と梅もとへ飲みにきて、彼らの席へ彼女がついた。有森は梅もとへ初めてきた客だった。彼はその日に夏見を気に入り、それから毎週のように独りで飲みにくるようになった。彼女は何度も食事に誘われ、同伴出勤もした。ママにも他のホステスにも、有森が夏見に惚《ほ》れていることを知られた。

「有森竜祐さんに会う前から彼の名を、あんたは知ってたの？」

「知りませんでした。最初お会いしたとき、名刺をいただき、出版社の方から有森さんの作品名をいくつかうかがったので、次の日に書店へいきました。何冊か見つけて、そのうちの一冊を買いました。たしか十年ぐらい前に出版された本でした。その本の後ろには既刊本名がずらっと並んでいたので、小説をたくさん書いている有名な作家なんだと知ったんです。それまでわたしは、女性作家の小説を五、六冊読んだことがある程度でしたし、小説にも作家にもほとんどというくらい関心を持っていなかったんです」

「初めて有森さんの小説を読んだ感想は？」

「警察官が二人、列車で犯人を連れていく途中、同じ車両に刃物で女性を脅《おど》している男が乗っているという場面からはじまる小説でした。読みはじめたら、その本を閉じることができなくなって、朝方まで読みつづけてしまいました。その本で、小説家って、いろんなことをよく知っているものだって感心しました」

夏見は、その小説を読んだ感想を手紙にして有森へ送った。

「面白かったんだね。有森さんは、あんたから手紙をもらって、よろこんだでしょうね」

「すぐに電話をくださり、食事に誘ってくれました」

「有森さんの小説を、そのあとは？」

「つづけて、二十冊ぐらい読みました」

有森は、彼女と何度か食事をしたり、一緒に芝居を観にいったりするうち、何年も前に妻を病気で亡くし、以来独り暮らしだと日常生活を打ち明けた。

有森と知り合ってほぼ一年経《た》ったある日、話したいことがあるので、休日に会ってもらいたいといわれた。夏見は、次の日曜の午後に会うことにした。

彼は、芝《しば》公園の大きな料亭の部屋を予約していた。庭園を眺めながら食事をするように造られた部屋で、有森は深刻な話を切り出した。

彼は七十代になったのを機に、人間ドックに入ることにした。大学病院で二泊三日のコースを受診《じゅしん》した。すると、食道と胃に病変が発見された。小さいがんが何か所にもあると、内視鏡検査の写真を見せられた。彼は十九歳からタバコを吸いつづけていたし、週に三日は酒を飲んでいた。食道と胃のがんは、強い酒を長年飲んできた痕跡《こんせき》だといわれた。医師は、なるべく早く手術を受けることをすすめた。彼の場合、がんが出来やすい体質であることと、胃の広範囲にがんに進行する可能性のある腫瘍《しゅよう》もみられることから、胃の全部を摘出《てきしゅつ》する必要があるといわれた。医師は、胃を全摘した場合のリスクも説明した。彼は、手術を受けなかったらどうなるかを尋ねた。半年間ぐらいは現在と同じで自覚症状はないだろうが、その後、食物を飲み込みにくくなったり、食欲が減退して瘦《や》せてくるし、腎臓に障害が起こって、むくみが生じることもある。体力は急激に衰《おとろ》え、十分に食事を摂《と》れなくなり、二年ぐらいで死亡するだろうといわれた。彼は考えたすえ、手術を受けないことにした。

「それで頼みがあるといって、わたしの手をにぎりました」

夏見は、自分の白い手に視線を落とした。

「頼みが……」

茶屋は彼女のかたちのよい唇を見つめた。これから先の話が肝心《かんじん》にちがいなかった。

当時七十二歳の有森竜祐は夏見の手をにぎると、『私の人生はせいぜいもってあと二年だ。残り少ないその人生を、好きな人と一緒に暮らしたい。頼むから私のそばにいてくれないか。医者は二年ぐらいといったが、そんなにもたないうちに寝込むかもしれない。そうなったらあんたは私の世話に明け暮れすることになるので入院する。あんたと一緒に暮らしても、一日中拘束《こうそく》したりはしない。いままでどおりの勤めをつづけていてくればいい』

有森の話が予想もしないことだったので、夏見は何日か考える余裕がほしいといった。考えたすえ、有森と一緒に暮らすといいこともあるだろうし、二年ぐらいなら少しばかり意に反することがあっても我慢《がまん》できそうだと決め、彼の希望に沿うと返事した。

3

「有森さんは、よろこんだだろうね」

「それはもう」

目をうるませて頭を下げたという。

それまで有森は杉並《すぎなみ》区内の一軒屋に住んでいたが、その土地と家屋を処分した。土曜日曜をかけて夏見と一緒に暮らすマンションさがしをした。彼女もそれまでより広い部屋に住めそうなので、うきうきした。

二日間、二人で何か所かの物件を見たすえ、中野区の住宅街にあるマンションを借りることを決めた。そこが現在の夏見の住所だ。小ぶりの家具や家庭用品も二人で選んだ。家具売り場の女性スタッフは夏見を卑《いや》しい目で見ていた。

「有森さんは、新所帯を持ったと同じだった。彼は、そのマンションで仕事をしているんだね？」

「キッチンとリビングをはさんで三部屋あります。その一部屋を書斎にして……」

部屋のもようを話そうとしたらしいが、なぜか彼女は声を震わせた。あわてるようにバッグを膝《ひざ》にのせるとハンカチを取り出した。

「ちょうど二か月前、彼がいなくなったんです」

四月二十日ごろということか。

「いなくなったとは？」

「火曜の夜でした。いつものように午後十一時五十分ごろ家に着きました。彼がいないので、どこかへ飲みにでもいったんだろうと思っていました」

「飲みにって、有森さんは三年前に余命二年ぐらいっていって、病院でいわれたんでしょ？」

「そういうことでしたけど、一年半経っても、二年すぎても、なんともないようでした。三年前にタバコだけはぴたっとやめました。お酒は弱くなったといいながら、毎晩、缶ビールを一本に日本酒を一合ぐらい。週に一回か、ときには二回、新宿か渋谷《しぶや》へ飲みに出掛けていました」

なんともないとは結構なことだが。

「病院へは？」

「毎月一回は診《み》てもらっていたようです」

「医師になんていわれているのか、あんたは彼に訊いていたんでしょ？」

「病院へいった日には、かならず訊きました。彼はそのたびに、『依然として変化はないそうだ』といいました」

「三年前にがんが見つかった人だから、病院では、たとえば採血や内視鏡や、超音波なんかの検査を受けていたはずです」

「検査は嫌だといったことがありました」

「検査を楽しいという人はいないと思う。嫌だけど受けていた。ほんとうに変化がなかったのかな」

「風邪《かぜ》をひいて、二日ばかり寝ていたことがありましたけど、とくに具合が悪いといったことはありませんでした」

「仕事をしていましたか？」

「たまに、新聞や雑誌にエッセイなんかを頼まれることはありましたけど、小説は書いていないようでした。書けなくなったのか、出版社からの依頼はないようでした。わたしと一緒になってからは、小説は一篇も書いていないと思います」

「仕事のない日は、どうしていましたか？」

「本を読んでいました。独りで映画を観にいくことも。映画を観てくると、そのストーリーを話してくれました。『きょうのはつまらなかった』といったこともありました。それから月に一回はゴルフにいきました」

「コースへ？」

「わたしと暮らしはじめたころは、体力がなくなったのでゴルフはやめたといっていたのに、半年ぐらいすると練習場へいくようになり、そのうち友だちを誘ったり誘われたりして、コースへ」

有森がふいにいなくなってから、なにか変わったことは起きていないかを訊いた。

「ケータイが通じなくなりました」

有森は、ガラケーを持っていたが、何度掛けても、電源が入っていないというコールが流れるという。

夏見は、土曜と日曜にはできるだけ自宅を空《あ》けないようにして、有森からの連絡を待っている。彼がいなくなって一か月ほど経った土曜日に、地方の新聞社の社員が訪れた。有森に電話がつながらないので手紙を出したが、返事がなかったのでといった。その人はエッセイを依頼するつもりだったのだ。有森宛の郵便物は二十通ほどたまっている。夏見は開封せず、そのまま彼のデスクに置いている。それから変わった人が訪ねてきた。

「変わった人？」

「三十を少し出たくらいの女性です。ずっと前に有森さんに小説の原稿を読んでもらったことがあった。そのとき激励《げきれい》されたので、また小説を書いた。また読んでいただきたいのでといって、重たそうな紙袋をわたしに渡そうとしたんです。わたしが事情を話すと、とても寂《さび》しそうな顔をして帰りました」

「その女性は、どこからきたのかな？」

「石川県だといいました。なんとか市だといわれましたけど、わたし地理に弱いので忘れました」

その人は作家志望なのだろう。小説家のもとへはそういう人が原稿を送ったり、持ち込んだりするという話を聞いたことがある。茶屋は幸か不幸かそういう人の訪問を受けたことがない。作家をこころざす人の参考になるようなものを書いていないということか。

「石川県のその人は、いきなり訪ねてきたんじゃなくて、何日も前に有森さんに手紙を送っていたんじゃないかな」

その手紙は開封されないまま、有森のデスクに積まれていそうだ。

積まれている書簡のなかにゴルフ専門雑誌の編集部からのはがきがあった。それには好きなゴルフコースについてのインタビューにうかがいたいので、都合のよい日時を知らせてと書いてあった。その編集部へは夏見が電話して事情を話したという。

「あんたは、有森さんの友だちを知っていますか？」

「名前は聞いたことがありますけど、どういう方なのかは知りません」

茶屋は、アユのくんせいと、スルメイカとワタリガニの子の塩辛和《あ》えをつまみにして、ビールの追加を頼んだ。夏見は、アユの田楽焼《でんがくや》きを上手に食べた。

「それで、私に頼みというのは？」

「有森さんの行方《ゆくえ》をさがしていただきたいんです。探偵社のようなところへ頼もうとも思いましたけど、迷っているうちに茶屋先生を思いついたんです。先生にならなんでも話せるし、信頼できると思いましたので」

「私は、探偵じゃない」

「いいえ。人の隠しごとなんかを、薄紙をはがすように調べていくことが得意だと、前から思っていたんです」

「私は、自分では得意だとは思っていない。気づいたことを追いかけただけです」

「お気づきになる点が、普通じゃないんです。何十人もの警察官が調べても分からなかった事件を、解決されているじゃありませんか。先生には、刑事のような、いえ、刑事以上の才能がおありになるんです」

夏見の口調が変わってきた。話しかたがなめらかになった。

「有森さんの行方もですけど、心配なことがあるんです」

行方不明以上の心配とはなにか。

「わたしと一緒になってからの彼は、無職とはいいませんが、依頼される仕事の量から推《お》して、収入はわずかにちがいありません。それなのに家賃や、公共料金や、保険料なんかを、振替で払っています。何年も前に稼《かせ》いだお金をため、自宅を手放して得たお金を預金しているはずです。わたしと一緒になるとき彼は、自分が亡くなったら、手持ちのお金はすべてわたしにくださるといいました。わたしは、彼がせいぜいもって二年の命だといったので、気の毒だと思ったし、二年ぐらいなら彼の世話をしても、そのあとだれかと出会って結婚することになっても、二年間のことは黙っていればって思ったんです」

彼女は、忘れていたというように、とっくに泡の消えたビールを一口飲んだ。

茶屋は、彼女の顔から小皺《こじわ》をさがすようにじっと見つめた。

「彼にどのぐらいの預金があるのか、あるいは企業の株でも持っているのか、知りません。二年、いえいえ、三年経ちましたけど、体型は変わりませんし、さっきお話ししましたように寝込むこともありませんし、中断していたゴルフを復活させましたし、週のうち一、二回はどこかへ出掛けます。このぶんだと……」

彼女はまたビールを一口飲んだので、茶屋が追加を頼んでやった。

彼女のいいたいことは分かった。このぶんだと有森竜祐は当分生きつづけそうだ。彼が一日長生きすればそのぶんたくわえは減る。もしもこの先十年も生きていられたら、たくわえは底をつくかもしれない。そうなったら彼女が働いて彼を食わすことになる。ゴルフをしたり飲みにいったりしているが、七十五歳なのだからいつ倒れても不思議ではない。不自由なからだになったら彼女は、現在のように働いていられないだろうし、釣り合いのとれた人から好意を持たれ、プロポーズされたとしても、よぼよぼになった有森を棄《す》てて出ていくわけにもいかない。別れるか出ていくにしても、一緒に暮らしていた者の良心として、なすべきことがいくつもあるはずだ。

「有森さんの、家族とか係累《けいるい》は？」

「奥さんは、七、八年前に病気で亡くなったそうです。彼には娘さんが二人いるということですけど、連絡をし合っているのかいないのか、わたしは話を聞いたことがないような気がします」

「娘さんとは、外で会っているんじゃ？」

「そうでしょうか」

有森の年齢から推して、娘は四十代、それも後半ではなかろうか。娘のことを彼が話さないのは夏見が関心を持っていないからだろう。彼にもしものことがあったらと思えば、娘の連絡場所や電話番号ぐらいは訊いておくのが常識ではないか。

「有森さんの兄弟は？」

「たしか、お姉さんが一人いると聞いた憶えがあります」

「姉さんは、東京に？」

「遠方のような気がします」

「健在なんだね？」

「そうだと思います」

有森はどこかへ飲みに出掛けて、行き倒れにでもなったのではなかろうか。たとえば古いビルの物置同然になっている階段で倒れ、その上に段ボールかなにかが崩れてきて重なり、彼は男なのか女なのか、いや人間だったのか犬だったのかも定かでなくなっているのかもしれない。

「有森さんには、住所録のようなものがあるでしょうね？」

「見たことはありませんけど、あると思います」

有森はパソコンを使っていない。もともと持っていなかった。原稿は万年筆で手書きだという。

「年賀状がきていたでしょうね？」

「はい。百通ぐらいは」

茶屋は、有森の書斎から住所録と受け取った年賀状をさがして、見せてくれといった。

彼が有森の行方さがしを引き受けてくれたのだと思ってか、夏見は何度も頭を下げた。

「これは茶屋先生への謝礼というか、調査料というか……」

彼女は白い封筒を差し出した。中身は五十万円だという。茶屋は、交通費などの実費を受け取らねばならないので、とりあえずあずかることにした。

4

夕方、事務所にいた茶屋に夏見が電話をよこした。

「先ほどはありがとうございました。おいしいお料理をご馳走《ちそう》になったうえに、お願いごとまでして、申し訳ありません」

彼女には多面性があるのか、こういう挨拶《あいさつ》はそつがない。それに話しかたが落ち着いている。もしかしたら有森竜祐が帰ってきたのではないのか。

「茶屋先生のおっしゃったとおりに、彼の書斎に入って、仕事用の引き出しや、資料を入れている戸棚なんかをさがしました」

彼女はさがし出したものを並べるように、ひとつひとつを区切って話した。まずは何冊かのノートで、プロットらしいものが細《こま》かい字で書いてあるという。それから通っていた病院と担当医師が、処方された薬によって分かったといった。

「有森さんは、処方された薬を置いて出ていったんですね？」

「いいえ。調剤薬局からもらう『おくすり手帳』がありまして、それに病院名と担当の先生の名前が入っているんです」

その薬がないというのだから、有森は持っていったのだ。

ちなみに薬の種類を訊いた。

「血圧を下げる薬が二種類、狭心症の発作《ほっさ》を予防する薬、尿酸の生成を抑《おさ》える薬、吐き気や腹痛を和《やわ》らげる薬です」

――いずれの薬も朝と就寝前服用で三十日分だという。

また、有森がいなくなった日が正確に分かった、といった。四月二十一日だった。夏見は日記でもつけているのか。それとも記憶をたどったのか。

「それから今年受け取った年賀状の束と、名刺ホルダーがありました」

彼がいなくなってから届いた郵便物が積んであるのだから、それで行き先の見当と、出ていった理由が分かりそうな気がした。

茶屋と夏見は、あしたも会うことにした。彼女は有森の書斎で見つけた目ぼしいものを持って、茶屋の事務所を訪ねるといった。

電話を終えると茶屋はこめかみに指をあてた。有森の失踪《しっそう》のしかたを考えたのだ。彼は急な雨で増水した川に呑《の》まれたのでも、古いビルの階段で気を失って倒れたのでもない。毎朝と就寝前に服《の》む薬を携《たずさ》えて出ていっているではないか。どこへいったか分からないが、彼は毎晩、医師が処方した薬を服んでいるにちがいない。毎日忘れずに薬を服んで、まだまだ生きつづけたいのだ。夏見の話だと彼は毎月、病院へいき、体調を説明し、薬を処方してもらっていた。年に何度かは検査も受けていた。

彼がいなくなったのはちょうど二か月前。すると薬は一か月で底をつくはずなので、今日までの間に少なくとも一回は病院へいっていそうだ。

彼は三年前に、食道と胃にがんがあるといわれ、手術をしなければ二年で生涯を閉じると宣告されたということだった。しかし夏見がいうには、二年で仏になるどころか、三年経ってもなんともない。体力が減退したといってやめたのにゴルフを復活させ、月に一回はコースをまわっている。そして週に二度は新宿や渋谷へ飲みに出掛けていたという。食道と胃にがんが発見されたというのは、検査した医師の見立てちがいではなかったか。それとも有森が夏見をだましたのか。さっき彼女に有森が服用していた薬の種類を訊いたが、たとえばがんの進行を抑えるような薬を処方されてはいないようである。血圧を下げる薬をもらっているが、それは年齢相応の症状だからではないか。

茶屋はこめかみを揉《も》んでいるうちに、夏見の話が信じられなくなってきた。有森がふいにいなくなったというのは嘘《うそ》ではないのかと疑ってもみたが、彼女が語ったときの顔を思い出してみると、嘘ではなさそうだった。とすれば、有森が書置きもせずにいなくなったのは夏見を嫌いになったのでは。それをいい出せないので黙って姿を消した。それとも、くる日もくる日も体調に変化は起こらないので、この調子だとこれから何年生きつづけるか分からない。二年ぐらいで生涯を閉じるのでといって一緒に住むようになったのに、これでは契約違反だ。申し訳ないことだと気付き、死に場所さがしに出ていったということも考えられる。

資料をぎっしり詰め込んだ書架を向くと『文藝年鑑』が目についたので、それを抜き出した。それには文化各界人名簿が併載されているので「有森竜祐」を引いた。本名だ。住所は東京都中野区弥生《やよい》町。石川県生まれ。生年月日からすると七十五歳。主な作品は「屍《しかばね》たちの感性」「光秀《みつひで》の書状」。

茶屋は有森の小説を十篇ぐらいは読んでいるが、「屍たちの感性」がいちばん面白かったと記憶している。

約束どおり、夏見は日曜の午前十時半に茶屋の事務所へやってきた。渋谷駅からは近いし、すぐに分かったといってから、彼女は珍しそうに部屋中を見まわした。

「女性秘書の方が、二人いらっしゃるということでしたね」

彼女は立ったまま、サヨコとハルマキのポジションを確かめるような目つきをした。

「パソコンが一台ということは、一人の方はどんなお仕事を?」

彼女は二人の女性秘書の役割が気になったのか。

ハルマキは、一日のうち半分は調理台に向かっているのだが、それをいいたくなかった

のか、

「資料整理と、調べものとか、こまごましたことが」

と、いい加減な答えかたをした。

夏見は、ソファの値踏みをするように見てから腰掛けると、

「お忙しいところを、無理なお願いをいたしまして」

といって、デパートの買い物袋を横に置いた。テーブルにどんと置かない点が礼儀を心得ている。

有森が毎月一回通っているのは、新宿区の飯田橋《いいだばし》大学付属病院。内科と外科を受診していたという。

緑色の表紙の名刺ホルダーを出した。ポケットの七、八割がたに名刺が差し込まれているので、ずしりと重い。仕事の関係から出版社と新聞社の社員の名刺が多い。十ページほどめくったところに衆殿社《しゆうでんしや》・「女性サンデー」編集部の牧村博也《ひろや》の名刺があった。役職名が刷っていないから何年も前に交換したものだろう。茶屋と現在関係のある出版社の何人かの社員の名刺もあった。有森が作品を書きまくっていたころに交流のあった人たちのようだ。

ホルダーには、国会や県議会の議員、大学教授、医師、警察幹部、大企業の役員、弁護士、クラブやバーの女性などの名刺もあった。茶屋はそのうちの何人かをメモした。

今年受け取った年賀状は輪ゴムで束にされていた。ほとんどが杓子定規《しゃくしじょうぎ》な挨拶の印刷だ。友人らしい手書きのものを三通選び出した。住所は、一人が東京、一人は石川県金沢《かなざわ》市、一人は同県七尾《なな お》市だった。東京の人は女性らしく細かい字で、「今年も比布《ぴっぷ》の実家で新しい年を迎えました。父も母も年をとりましたが、有森さんのことはよく憶えています。また面白い小説を読ませてください」とあった。

三人のうちのだれを知っているかを、茶屋は夏見に訊いた。

「知りません」

彼女は首を振ったが、住所が東京の女性からは手紙がきているといって、束ねた郵便物のなかから、茶封筒を抜き出した。差出人は板橋《いたばし》区常盤台《ときわだい》、月島登志子《つきしまとしこ》。年賀状と同じ人だった。

「年賀状には、比布の実家とありますけど、それはどこなのか、先生はお分かりになりますか?」

「北海道の比布だと思う。旭川《あさひかわ》市の北東にあたる純農村」

夏見は頭に北海道の地図を広げているようだ。

「ご両親が有森さんをよく知っているっていうから、ずっと前からの知り合いなんでしょうね」

有森には娘が二人いるということだったので、娘からの年賀状はきているか分かるかというと、夏見は一通ずつめくりはじめた。

彼女は約百通を見終えたが、娘だと分かるものはなかったといった。約百通のなかに有森姓の人からのはなかった。夏見の記憶だと、有森の係累《けいるい》は姉一人に娘二人だという。三人とも結婚によって姓が変わっていることが考えられる。


ホルダーに牧村の名刺が入っていたので、ケータイで彼の番号を検索した。日曜だから家族団欒《だんらん》の真最中だろうとは思ったが、番号のボタンを押した。

「はい、はあーい、牧村」

いつもの応答だ。眠たそうではない。

「休みのところを、すまない」

「休みじゃないです。会社です。先生はなんのご用ですか？」

彼の声の背後に男女の話し声が入った。週刊誌の編集部は忙しそうだ。

「あんたの名刺を、ひょんなところで見つけた。だれが持ってたと思う」

「いまは忙しいんです。クイズなら、またあとに」

「作家の有森竜祐さんを知ってるよね」

「ええ、今年は一度会っています」

「今年。……じゃ、彼の最近の身辺に通じていそうだね？」

「身辺とは？」

「大事な話があるので。……手がすいたら電話して」

牧村は今年になって会ったというのだから有森とは親しい間柄か、それとも仕事を依頼するつもりだったのか。とにかく有森に関する情報を取ることのできる一人が見つかったということだ。

茶屋は、有森宛の郵便物すべてを開封したかったが、きょうにも本人があらわれないともかぎらないので、手を付けないことにした。

夏見は、テーブルに出したものを袋に入れ直した。

「先生は、有森さんの行方をさがしてくださいますね？」

彼女は念を押した。

行方を突きとめられるかどうかについてはなんともいえないが、気付いたことを調べてみると答えた。

「あの、いいづらいことですけど……」

彼女は胸の前で手を合わせた。

「いいづらいことでもなんでも、いってみて」

「有森さんに預金がいくらあるのか、知る方法はないでしょうか？」

「それは、権限がおよぶ機関しか知ることができない」

「いま住んでいる部屋の家賃は二十五万円です。預金残高によっては、このまま住んではいられません。わたしだけでは八万円以上のところには住めないものですので」

有森の預金が何千万円もあることが分かったら、どうするつもりなのか。

昼食はざるそばを取り寄せたいが、どうかと訊くと、

「お願いします。きょうはわたしにもたせてください」

夏見は、きょう初めて笑顔を見せた。

さっきはてんてこ舞いのようだったが、牧村が電話をよこした。夕方には仕事が終わるので、さっきの話のつづきを聞くといった。

5

珍しいことに牧村は、缶ビールを四本入れた袋を持って茶屋事務所へあらわれた。茶屋はグラスを用意した。

「有森さんが、どうしたんですか?」

牧村はメガネの白いフレームに指をあてた。新しいメガネが顔になじんでいないようだ。

茶屋は、夏見から聞いたことと、有森の名刺ホルダーや、彼が今年受け取った年賀状な

どを見たことを話した。

「私が有森さんに初めて会ったのは、入社して二年ばかり経ったころでした。当時の編集長から、売れっ子の有森さんに、彼の女性観といったエッセイをといわれて、杉並のお宅へ会いにいったんです」

有森は、新聞にも雑誌にも小説を連載していたが、「女性サンデー」へのエッセイをこころよく引き受けてくれたという。そのエッセイは二年間つづけて掲載し、好評だった。それからは、女性が関係した犯罪が発生すると、被害者や犯人についての談話をもらうようになり、牧村は何度か飲食をともにしたという。

「昼間、お住まいへうかがったり、お住まいの近くのカフェで会ったりすることがありましたが、口数の少ない人で、初めはとっつきにくいと思っていました。一緒に食事をするようになり、ご飯のあとクラブやバーへ飲みにいきましたが、酒が入ると朗《ほが》らかになって、よく話すし、店の女のコをからかっていました」

根は人なつっこい人だと、牧村は有森の印象を語った。

「彼の家族に会ったことは?」

茶屋は、グラスを置くと、イカのくんせいがあったのを思い出し、冷蔵庫から取り出した。

「七、八年前に、奥さんが亡くなりましたが、お元気なころの奥さんにはお住まいでお会いしていました。細いからだの顔立ちのいい方でした。奥さんのお葬式のときには、娘さんにも会いました」

「娘は二人いるそうだが」

「有森さんから、娘さんは二人とも遠方に住んでいるって聞いた憶えがあります」

それはどこだったか忘れたという。

有森には係累は少ないようだと夏見もいっていた。

「有森さんは、長編も短編も書いていますが、自分の経歴をなぞっているような作品がないのが特徴じゃないでしょうか。出身地は金沢に近いところということですが、たとえば少年時代のことなんかを、あまり多くは書いていません。ある編集者に聞いたことですが、学歴については、田舎《いなか》の高校を出たといっただけだそうです」

牧村の話を聞いているうち、茶屋は有森の作品をひとつ思い出した。たしか「クリスマスイブ」という短編小説だ。舞台は日本海に面した地方の町で、クリスマスのころからほとんど毎日雪が舞って、暗くて重い色の空の下を、人びとは背をかがめて歩いていると書いていた。

「その短編、私も憶えています。親戚の家にあずけられていた少年が雪の夜、その家へ帰ろうとすると、その家の家族が、こたつを囲んでいつもとはちがった雰囲気の食事をしていた。それをガラス越しに見た少年は、その家に入ることができず、家族のパーティーが終わるまで外の丸太に腰掛けていた。少年の肩には雪が一〇センチも積もったという話でしたね」

「そうだった。あの作品は、有森さんの体験だったんじゃないだろうか」

牧村もそう思うといった。

「あんたは、有森さんに今年会ったといったが、仕事の依頼で？」

「飲み屋で、ばったり」

「『チャーチル』で？」

チャーチルは牧村行きつけの新宿歌舞伎町にある高級とはいえないクラブだ。

「ゴールデン街の『花《はな》の実《み》』っていう店です」

「知ってる」

カウンターだけの古いバーだ。

「それは、いつ？」

「二月下旬でした」

「有森さんは、だれかと一緒に？」

「独りでした。花の実へは一年ばかりきていなかったので、ちょっと寄ってみたといっていました」

「まだ小説を書ける年齢だが、ここ何年か新作が出ていない。あんたに仕事の悩みを打ち明けなかったか？」

「悩みなんかをかかえているようじゃなかったですよ。お元気そうでしたし、話し声にも張りがあって、前と少しも変わっていないなって思いました」

　夏見の話だと有森は週のうち二回は飲みに出掛けていたという。彼がいっていた店を知っているかと牧村に訊いた。

「新宿区役所の裏の『さくらぎ』っていうスナックへはときどきいっているようでした。うちの木下《きのした》がそこで有森さんに会ったといっていました」

　茶屋は、さくらぎをメモした。

「茶屋先生は、有森さんの行方をさがすつもりですか？」

「できるだけのことはしてみようと思っているんだが」

「先生は、夏見っていうコが好きなんですね？」

「嫌いじゃないが、あんたの卑しい想像はあたっていないよ」

　牧村が持ってきた缶ビールは飲み切ったので、道玄坂《どうげんざか》小路のすし屋へいくことにした。牧村が気に入っている店だ。以前彼はここへ、サヨコとハルマキを呼んで飲み食いした。

二人はにぎりを二十貫ずつ食べたあと、カラオケスナックへ牧村を誘った。スナックに着いたとたんに牧村は眠ってしまったという。

「あした、有森さんの公簿を取り寄せてもらってくれないか」

「承知しました」

牧村は、衆殿社の顧問弁護士にそれを頼むだろう。公簿によって、有森竜祐の姉と二人の娘の住所が分かるはずだ。

茶屋はナマコ酢と奈良漬をつまみにして日本酒を飲んだ。牧村はきょうは昼飯を食べる時間がなかったといって、コハダ、マグロ、アジ、ホタテのにぎりを、呑み込むように食べると、このごろ突き出てきた腹を撫《な》でた。

「あんたには、医師の知り合いがいるだろうね?」

「個人的な知り合いは、歯医者しかいませんが、編集部としては、医学知識を書いてもらったり、談話を取るために、何人かを押さえています」

「有森さんの病状を正確に知りたいんだ」

「有森さんが、夏見っていうコに話した食道と胃のがんについて、茶屋先生は疑っているんですね?」

「ほんとうにがんを病んでいたら、医師は患者の寿命をあてる。手術しなかったら二年しかもたないという患者が、三年経っても元気だというのは怪しいんじゃないかな」

「有森さんは、夏見と一緒に暮らしたいので、嘘をついた。それとも医師の見立てちがいか」

がんの疑いがあった場合は、病理検査をするはずだ。見立てちがいだったとしたら、それは検査の段階ではないか。

牧村も盃《さかずき》をもらうと、手酌《てじゃく》で日本酒を飲《や》りはじめた。

「食道と胃に小さながんと、そのほかにもやがてがんになる腫瘍がいくつも見つかったって夏見に話したそうだ。最近の検査技術で、見立てちがいということが起こるだろうか」

「もしかしたら……」

牧村はなにかに気付いたのか、声を大きくした。

「有森さんはもしかしたら、アレを服んでいるんじゃないでしょうか？」

「アレって？」

「いま評判の、アレ、アレ。アレですよ」

牧村は、アレの名称を思い出せなくて白いフレームのメガネの奥の細い目をさかんにまばたいた。

「アレナックスでしょ」

カウンターのなかのおやじがいった。

「そう、そう。アメリカ産の。……アレナックスを服んでいる人の三〇パーセントぐらいが、がんの進行がとまって、手術をしなくてよかったとか、がんの手術を受けたが、べつの個所にがんが出来る可能性があって、余命三年っていわれた人が、手術する前より体調がよくなったって、月刊誌の『快適《かいてき》』と『晴朗《せいろう》』に載ってました。承認された薬じゃなくて、サプリメントです」

茶屋は、盃を置くと夏見に電話した。彼女は昼間の礼を丁寧《ていねい》な口調でいった。

「いま、有森さんを知っている出版社の人と会っているんだが、有森さんは、病院の医師が処方した薬以外のものを服んでいましたか。たとえばサプリメントとか？」

「本を読むと目が疲れるといって、なんとかウナギの錠剤と、それから骨を丈夫に保つサプリメントを、毎朝服んでいました」

「それだけ？」

「それだけだったと思いますけど、なにか？」

「アメリカ製のがんが消えるとか、進行をとめるというサプリは？」

聞いたこともないと彼女はいったが、薬を入れていた箱を確かめるといった。

その箱は彼女の手の届くところにあったらしく、調剤薬局の領収書が入っているだけだとすぐに答えた。有森は毎日服用している薬を一切持って出ていったのだろう。

「先生」

牧村は、電話を切った茶屋にまた大きな声を出し、盃を音をさせて置いた。

「夏見っていうコ、怪しくないですか？」

「怪しいとは？」

「彼女は、有森さんと一緒に住んでいるのが嫌になった。あるいは好きな男が出来たのかも。有森さんと別れ話をしたことも考えられます。彼は別れることを承知した。だが彼女は、彼が持っている金をほしくなった」

「彼女が有森さんを始末したんじゃっていうんだろ」

「考えられるでしょ」

「考えられないことはないが、有森さんの失踪を、たとえば姉か娘が警察に届けたとする。すると警察はまず夏見から事情を聴くし、彼女の身辺を嗅《か》ぎまわることもある。彼女にもしも、彼氏がいることが分かったら、彼女は追及される。有森さんの預金についてもだ」

　牧村は、自分の思いつきはあたっていないと思い直してか、首を左右にかたむけてから、手づかみで奈良漬を噛《か》んだ。

「有森さんは七十代。がんが嘘だとしたら特に健康にも問題はないし、まだ現役で仕事が出来る年齢なのに、新聞や出版社からのオファーが少ない。毎朝、目覚めるたびに、きょうもさしあたってやることがない。それを悲観したんじゃ」

「自殺したっていうのか?」

「暗い森林か、人が踏み込まない山地か、人気《ひとけ》のない湖のほとりで……」

　牧村は、食いちぎった奈良漬をつまんだまま目を瞑《つむ》った。眠気がさしてきたのだ。日本酒を飲むと、ほかの酒を飲んでいるときよりも早く睡魔《すいま》が天から降りてくるらしい。

十分ばかり目を瞑っているが、急に立ち上がることもある。これが平日だと、チャーチルへいくといいはじめる。そこには「あざみ」というわりに背の高いホステスがいる。二十八か九だ。尻の位置が日本人の標準より高い。脚も細くて真っ直《ますぐ》ぐ。彼女の手をにぎると彼は母親に抱かれた幼い日にもどったように、眠りに落ちるのである。

二章　旅人

1

有森竜祐の戸籍を照会したものが牧村からファックスで送られてきた。

竜祐は、父・有森達郎《たつろう》と母・マキの長男として石川県能美《のみ》郡寺井町《てらいまち》で生まれた。彼には昭子《あきこ》という姉がいて、土門《どもん》姓。土門昭子の住所は北海道小樽《おたる》市。竜祐の妻・松子《まつこ》は七年前に死亡。松子とのあいだに未保《みほ》と理名《りな》という二人の娘がいる。長女・未保は竹田《たけだ》姓で住所は小樽市。次女・理名は杉本《すぎもと》姓で住所は金沢市。

小樽市に住んでいる姉の昭子は七十九歳である。昭子と竜祐の出生地は現在、能美市となっている九谷《くたに》陶芸村のあたり。日本海に注ぐ手取《てどり》川の近くだ。

牧村は会社の編集部で、きのうの茶屋の話を何人かに伝えたようだ。有森が二十七歳の女性と一緒に住んでいたことも、二か月前から行方不明になっているのも知られていないなかったという。有森の行方不明は、夏見のいっていることであって、身内は、どこでなにをしているかを知っているかもしれない。

茶屋がファックスを読んだと電話したところ、牧村が、

「うちの木下の話ですが、何年か前、角間《かくま》書房が三十八人ぐらいの小説家に、少年少女時代の思い出を十枚程度にと依頼したんです。そのなかに有森さんも入れていたんですが、あらためて書くほどの思い出はないといって、断わられたそうです」

といった。

「小説家は、つくり話を書く商売だ。思い出と称して嘘を書く人はいると思う。あらためて書くほどの思い出はないという人は、珍しいんじゃないか」

「私もそう思います。その執筆依頼を断わったのは、有森さんだけだったそうです」

出版界で、有森の消息に通じていそうな人はだれなのかを茶屋は訊いた。

「有森さんと最も縁の深いのは焦点社《しょうてんしゃ》で、『小説焦点』編集部の小木曽《おぎそ》さんだと思います」

茶屋は小木曽に電話した。彼は五、六年前まで女性週刊誌編集部にいて、茶屋は紀行文を何度も頼まれた。新宿・ゴールデン街をはしごして飲み歩く五十男だ。

「茶屋先生、しばらくです。つい先日、出張する新幹線で、先生の『神田川《かんだ》』を拝読しました。手紙で、『川をさがしてください』という依頼をした人がいたなんて、変わってい

るっていうか、面白い人がいるものですね」

　小木曽は少し早口だ。津軽生まれの東大出。言葉に生国《しょうごく》の訛《なまり》を残している。

「最近、有森竜祐さんとは会っていますか？」

「今年は、二月だったか三月だったかにお会いしました」

「仕事の打ち合わせで？」

「新しい小説の構想を練っていると年賀状に書いてあったのを思い出して、話をおうかがいするつもりで、お会いしたんです」

「自宅で？」

「いいえ。新宿の紀伊國屋《きのくにや》書店の入口で待ち合わせして、おでんを食べて、それからスナックで」

「スナックは、ゴールデン街？」

「有森先生お気に入りの、さくらぎっていう店です」

「新しい小説の構想はかたまっていたんですね？」

「殺人事件現場のディテールだけを思いつかれたんですが、その事件が起きる過程が、どうも」

　毎日のように、さまざまな作家の原稿を読んでいる編集者には、有森が考えついたディテールは感心できるものではなかったのだろう。小木曽は有森に、構想をいまひとつ練ってくれといったのだという。何年間も作品を発表していない有森は読者から忘れられた作家になっていた。空白期間をおいて発表するからには、かつて彼の作品を読んでいた人が目を見張るか、舌を巻くような物語でなくてはならない。彼が休んだり眠ったりしているあいだに、キラキラ輝くピチピチの新人が、幾人もあらわれているという現実が存在しているのだった。


「有森さんは、三年ばかり前に住所を移ったが、あなたはそこを訪ねたことは？」

「ありません。年に二回ぐらいはお会いしていましたが、いつも外でしたので」

「あなたは、赤坂の梅もとというクラブへいったことは？」

「いいえ。赤坂には知っている店はありません。その店が、なにか？」

「有森さんは、そこへ通っていたことがあったんです」

「へぇ。ついぞ聞いたことがありませんでした。今度お会いしたら、訊いてみましょう。梅もととおっしゃいましたね」

小木曽はメモをしたようだ。

「茶屋先生は、有森先生とは、ご昵懇《じっこん》なのですか？」

「会ったことはありません」

「有森先生が、どうかなさったとでも？」

「そう。二か月前から行方知れずになっているそうなんです」

「ええっ。二か月前といったら四月……」

「正確には、四月二十一日に、ふいにいなくなったということです」

「茶屋先生は、どなたかにそれをお聞きになったんですね」

そうだ、と茶屋は答えた。

「そのことを、私におっしゃった。ということは、私が行方を知っているのではとでも？」

「有森さんの最近の生活を知っているかをうかがいたかったんです」

小木曽はなにかを考えはじめたらしく、口を閉じていた。

茶屋は有森について知りたいことを思いついたら、また電話するというつもりだった。

「有森先生の行方を、茶屋先生はお知りになりたいんですね？」

「そうです」

「なぜ？」

「頼まれたんです」

「身内の方にですか？」

正確には身内とはいわないだろうが、親しい人、と茶屋は答えた。小木曽はなにかいいたそうだったが、近日中に会いたいといって電話を切った。

住所が板橋区常盤台の月島登志子という人の電話番号を知りたかったが分からなかった。何年か前までは電話帳か一〇四番への問い合わせで番号をさがしたものだが、最近は電話帳に番号を載せない人がふえたし、一〇四番に問い合わせしても分からない場合が多い。電話が犯罪に使われるケースが多いせいでもある。

月島という人は北海道の比布町の出身のようだ。年賀状には、両親は有森をよく憶えているると書いてあったし、そのあと彼に封書の手紙を送っている。有森の近況に通じている人なのかもしれなかったが、手紙を開封することはできなかった。

東武東上線《とうぶとうじょう》ときわ台を降りて、十五分ぐらいで住宅街のなかの月島姓の家を見つけた。白く塗った木製の扉の横のインターホンを押すと、女性の声が応じた。同時に犬の声も聴こえた。犬は屋内にいるようだ。

丸顔の女性がドアを開け、茶屋の風采《ふうさい》を確かめるようにしてから、茶色の犬を抱いて出てきた。

「月島さんが有森さんにお送りになった年賀状を見ましたので」

茶屋は名刺を渡した。

「登志子はわたしです」

五十歳ぐらいだろうか。髪には白い筋がまじっていた。

茶屋が有森の消息をかいつまんで話すと、「まあ」といって、書棚のある応接間へ通した。

彼女は、有森が二十七歳の女性と暮らしていたことについては驚いたようすではなかった。だが、二か月前にその女性に一言も告げず、いなくなったことについては、

「なにがあったんでしょう」

と、暗い表情をした。

「あなたからのお手紙がありましたが、有森さんに特別なご用でも?」

「わたしが手紙を出したのは、三月でした。わたしの兄が釧路《くしろ》の和商《わしょう》市場に店を持っているんです。有森さんにサカナかカニを送るがいいかって兄に電話で訊かれたものですから、そのことを手紙に書きました。返事がこないので、どうしたのかしらって思っていました」

どうやら有森は、登志子の身内とも親交があるようだ。

茶屋は、有森とはどういうきっかけで知り合ったのかを尋ねた。

彼女はうなずいてから、お茶をいれるといって、犬と一緒に部屋を出ていった。

壁ぎわの書棚には、動物や植物や映画関係の本のあいだに有森竜祐の著書が何冊か挿《さ》してあった。ここは何人家族か知らないが、読書好きらしい。だが、茶屋次郎の本は一冊も見あたらなかった。

花柄の湯呑からは緑茶のいい香りが立ちのぼった。来客用にと上等のお茶をそなえてい

るのではないか。

どうぞお話しください、というふうにすわり直した登志子に、有森をどこで知ったのかを訊いた。

「茶屋さんは、旅行作家でいらっしゃるので、北海道の地理にも通じておいででしょうね」

「ええ、まあ」

「旭川市の近くに、比布町というところがあります」

「宗谷《そうや》本線が通っていますね」

「やはり、よくご存じ。わたしはそこの恩田《おんだ》という名字《みょうじ》の農家の生まれです。……わたしが中学のときでしたので四十年ぐらい前の冬のことです。一メートル先も見えないぐらいの猛吹雪《ふぶき》で、その日は学校へいけませんでした。日中だったと思いますが、近くの家の人が、大きな声を出して男の人を抱えてわたしの家へ入ってきたんです。見知らぬ人でした。雪のなかに倒れているのを、たまたま通りかかった人が見つけたんです。男の人は凍ったようになって口も利《き》けない状態でした。わたしの両親が、その人を暖かいところへ寝かせて、温かいものを飲ませて、生き返らせたんです。兄とわたしは、両親のやることをじっと見ていました。その人の蒼《あお》かった顔に血色がさしてきて、目を開けたとき、わたしは上の兄の腰につかまって涙を流したのを憶えています」

恩田家にかつぎ込まれた男が有森竜祐だったのだ。通りかかった人に発見されなかったら、凍死の危機がせまっていたのである。

旅人のはずの有森は防寒衣は着ていたが、荷物を持っていなかった。急に激しくなった吹雪のなかで、旅装を収めた鞄《かばん》を失くしたようだった。少しずつ食べ物を口にできるようになった彼に、登志子の父の恩田が、どこからきたのかを訊いた。有森は、住所は東京で、妻と幼い娘が二人いるのを話した。

真冬の比布へはどんな用事できたのかを訊くと、なぜなのか有森は口を閉じて俯《うつむ》いた。しばらく黙っていた彼は、人をさがしにきたのだといった。比布に住んでいる人なのかと訊くと、北海道のある人から、比布にいるらしいと聞いたので、初めてこの土地を訪ねたと答えた。なんという人をさがしているのかを訊くと、有森は低い声で名字をいった。父は、その名字を聞いたことがない。その人が住んでいるのはべつの土地ではないかと話していた。

有森は、三泊か四泊して、雪も風もおさまった日に、列車で旭川へいくといって出ていった。

それから何日かすると、登志子たちが見たこともないような菓子の包みが有森から送られてきて、それには丁重な礼状が添えてあった。以来、季節が変わるたびに彼は手紙をよこした。

「わたしが高校生のときでした。有森さんから本が送られてきたんです。著者名は有森竜祐さんでした。手紙が付いていて、何年か前に懸賞小説に受かり、それからは小説を書くのを職業にしている。同封した本は最初の著書だと書いてありました。父も母も、自分の身内が受賞したみたいによろこんで、その日はお赤飯を炊《た》きました。二、三年もするとまた本が二冊だったか三冊だったか送られてきました。上の兄は旭川の書店を何軒かまわって、有森さんの本を何冊も買ってきました。その本を近くの人や町役場の人にも配っていました。有森さんの本はいま、町の図書館にずらりと並んでいます」

登志子は、図書館へ入るとかならず有森の本が収められているコーナーの前に立ったという。

「吹雪の日に、あなたの家で助けられた有森さんですが、その後、訪ねてきたことがありますか?」

「わたしがまだ実家にいたころ、層雲峡《そううんきょう》を舞台にした小説の取材にきたといって、寄ってくれたことがありました。そのあとは、石狩川《いしかり》を取材にきたとか、旭山《あさひやま》動物園を見にきたといって立ち寄ったと、わたしの両親が知らせてきました」

「あなたは、東京の方と結婚なさったんですね?」

「わたしの夫は三年前に亡くなりましたけど、比布生まれの人でした。東京の大学を出て、東京で会社勤めをしておりました」

登志子は東京に住んでから二度、有森に会った。二度とも彼が食事に招《よ》んでくれたのだという。

「有森さんのご家族とお会いになったことは？」

「七、八年前でしたか、奥さんがお亡くなりになりまして、そのお葬式のとき、二人のお嬢さんと、お姉さんにお目にかかりました。ご家族やご親戚の方にお会いしたのは、そのときだけです」

有森の妻の葬儀は、杉並区内の寺でいとなまれたのだが、祭壇の両側には出版社や新聞社や著名作家からの生花がぎっしりと並んでいて、登志子はあらためて有森の地位を知った思いがしたという。

「その後は？」

「会っていません。毎年年賀状の交換がありますし、一、二度、お手紙をくださいます。何年か前に、金沢からだといって、九谷焼の赤絵のコーヒーカップを五組送ってくれました。いまも大事に使っています」

「有森さんは、石川県でも九谷焼の本場の生まれですね」

茶屋がいうと、金沢生まれだと聞いていたがと首をかしげた。茶屋は有森の戸籍簿を見たとはいいたくなかったので、彼と親しい編集者から出生地は九谷陶芸村のあるところだと聞いたといった。

「そうでしたか。……お嬢さんの一人が金沢に住んでいるそうです。わたしは冬の金沢へいってみたいと思っていたので、それを何回も主人に話していました」

実現しないうちに彼女の夫は亡くなったという。

彼女は写真かテレビで冬期の金沢を観ていたのだろう。冬の金沢といったら日本三名園の一つである兼六園《けんろくえん》の景観が知られている。積雪で枝が折れないように円錐《えんすい》状に縄を張る「雪吊り」。雪吊りを施されたマツや石灯籠《いしどうろう》などが池の水面《みなも》に映っている風景や、武家屋敷跡の各家の土塀がこも掛けされた路地に魅せられたにちがいない。

登志子は、なにかを思い出そうとしてか、少しのあいだ目を瞑った。

「わたしはずっと前から金沢へいってみたいと思っていました。有森さんに会ったとき、金沢のことを訊いたんです。生まれて育った土地だとばかり思い込んでいましたので」

ところがどういうわけか、有森は少年時代のことをほとんど憶えていないといって、思い出話をしなかったという。

「ほとんど憶えていないという人は珍しいですね。たいていの人が、両親や兄弟のこと、郷里の行事なんかを憶えていて、それを語るものですが」

「わたしは、生まれた土地で育ち、学校を卒《お》えて四年ばかり会社勤めをして、同じ出身地の人とお見合いをして、気に入っていただいたので結婚して、東京に住むことになったんです。平凡でしょうけど、十代のころと郷里の思い出は、たくさんあります」

彼女はそういって、少年時代も金沢のことも語らなかった有森竜祐を思い出しているようだった。

2

新宿区役所の裏側の通りにも名称は付いている。「あずま通り」だ。歌舞伎町になじみのない人だと、いくぶん左右を警戒しながら歩きそうな雰囲気のある道路である。両側の建物も小さくて古い。スナック・さくらぎは、夕方になると焼き鳥の煙を道路へ吐き出している店の隣の二階だった。有森がたびたびいっていた店だというので、「小説焦点」の小木曽とはそこで会うことにした。

約束の午後八時に、せまい階段をのぼった。小木曽は一足先に着いたといって焼酎《しょうちゅう》の水割りを飲んでいた。左手からはタバコの煙が立ちのぼっている。日に八十本は灰にするというヘビースモーカーだと聞いたことがあるが、会社ではどうしているのか。

カウンターの内側から五十代半ば見当のママが、「初めまして。きょうはありがとうございます」といって、名刺を出した。茶屋も名刺を渡した。

「わたしも、うちの女のコも、茶屋先生の名川シリーズが載ると、毎週『女性サンデー』を買うんです」

茶髪のママは細い目を糸のようにした。

女のコは三人いた。全員二十代だ。

この店は開店して六年になる。有森は開店当時からの客で、毎週一、二回はきていたという。

「一緒に住んでいた夏見という女性がいうには、二か月前にいなくなるまでの有森さんは、週に二回は飲みに出掛けていたようです」

茶屋が小木曽にいった。

「どこへ飲みにいってたんでしょう。いまママに訊きましたら、有森先生がきたのは今年になって三、四回だそうです」

小木曽はグラスを揺すって氷を動かした。

「渋谷にもいきつけの店があるということですが」

「それは道玄坂上の『キャッツ』というスナックだと思います。有森先生に紹介されて何回かいっています。今年も二回いきました」

小木曽は白いスマートフォンを取り出し、キャッツへ掛けた。ママを呼んで、最近、有森が飲みにきているかを訊いた。

「えっ、一回だけ。だれかと一緒?」

北風の強い日に独りできて、カウンターで一時間あまり飲んで、寝るにはまだ早そうな時間に帰ったとママはいったという。

「有森先生は、新宿か渋谷で新しい店を見つけたんでしょうね。この店も、キャッツも飽きたのかも」

小木曽はタバコを灰皿に押しつけると、すぐに新しいのに火をつけた。

茶屋のジャケットの内ポケットが低くうなった。牧村から電話だ。

「先生は、いまどちらに？」

茶屋は、小木曽とさくらぎで会っているのだといった。

「じゃ、ぼくもそこへいきます」

彼はクラブ・チャーチルにいるのだ。時間から推して一、二杯飲んだところだろう。歌舞伎町のべつの店へ移るといったら、ママも女のコたちも口をとがらせるのではないか。彼がたびたびチャーチルへ足を運ぶのは、長い脚のあざみがいるからだ。彼女が横につくと、牧村はすぐに手をにぎる。白い手を両手で包んで頰へ持っていくこともある。

牧村は、あざみになんといって店を出てくるのか。茶屋と小木曽を連れてもどってくるとでもいうのではないか。

彼は十五分ばかりしてやってきた。さくらぎの存在は編集部の木下から聞いていたが、きたことはなかったといった。ママはますます目を細くして、牧村に名刺を渡した。

「『女性サンデー』の編集長さんにおいでいただいて光栄です。きょうはなんていい日なんでしょう」

ママは、カウンターの内に並んだ三人のホステスを紹介した。

ほかに客はいなかった。常連の有森もめったにこなくなったし、ここは閑古鳥《かんこどり》の鳴く日が多くなってしまった店なのかもしれない。

「茶屋先生」

牧村は、ママに注がれたビールに口をつける前に、茶屋の横顔に文句でもつけるような呼びかたをした。

「次の名川シリーズは……」

彼はそこで言葉を切ると、並んでいる四人の女性の顔を見直してから、

「金沢にしてください」

「また急に。……二、三日前に函館をといったじゃないか」

「函館は、次の次にしましょう。函館も川も、先生が生きているうちになくなったりはしないでしょうから」

「そりゃそうだが」

「金沢には、男川と呼ばれている犀川《さい》が、女川といわれている浅野川《あさの》があります。いままでどうしてこの二本の川を探訪しなかったのか、不思議なくらいです」

「私は、犀川と浅野川を提案したことがあるよ。そのたびにあんたに、紀《き》の川がいいの、

京都の川が先だの、鬼怒川《きぬ》を忘れていたの、大東京の中心を貫《つらぬ》いている神田川をやらないと東京の読者に笑われる、なんていわれて……」

「二か月前、天にのぼったか地にもぐったか、風にさらわれて消えたように姿を消した有森竜祐さんは、金沢に近いところの生まれだったし、娘さんの一人が金沢に住んでいます。彼は急に娘さんに会いたくなって金沢へいった。いってみたら住みごこちがよくて、東京へ帰る気がなくなった。それとも体調が急変して、動くことができなくなった」

牧村は、目の前にビールが置かれているのを忘れていたとでもいうように、グラスをつかんだ。

「東京へ帰るのが嫌になったとしても、体調が急変したとしても、夏見に連絡はあったと思う」

「それが謎《なぞ》ですね。もしかしたら娘さんの家へ着く前に、犀川か浅野川へ落ち、何日か後に日本海へ運ばれて……」

「そんな、縁起《えんぎ》でもないことを」

ママが牧村をにらんだ。

「よし。金沢にしよう」

茶屋はバッグから取材用のノートを取り出した。

それには、夏見が持ってきた有森宛の年賀状の差出人などが控えてある。年賀状のなかには住所が金沢市の人が二人いた。一人は杉本理名で、有森の次女であることが分かった。もう一人は石井政信《いしいまさのぶ》。万年筆で書いたらしい丁寧な文字が並んでいた。年配者のようだ。その人は、[去年の秋に未保さんからサケを送っていただきました」とあった。

茶屋は、夏見がいった有森の行動を思い出した。小木曽がいったことや目の前にいるママのいったこととはちがっているようだ。有森は毎週二回は外へ飲みに出掛けていたらしいが、最近の彼はなじみの店にめったにこなくなったという。ほかに気に入った店ができたのではないかとも思われるが、彼の外出は飲食ではなかったのではないか。

一緒に暮らしている夏見は会社員だ。平日の朝は九時前に家を出ていく。火曜から金曜までは赤坂のクラブ・梅もとでホステスとして働いているので、帰宅は深夜になる。したがって平日の朝から深夜までの有森の行動は分からなかったのだ。帰宅した彼女に、『きょうは飲みにいってきた』といったので、彼女はそれを信じていたのであって、じつは彼は行動を偽《いつわ》っていたかもしれない。

最近の有森には毎日原稿用紙に向かうほどの仕事はなかった。飲食に外出しない日は好きな本でも読んでいたのではないかと想像していたのだが、そうではなく、彼にはやることがあったのではないか。

「金沢は、近くなりましたね」

小木曽が、茶屋にとも牧村にともなくいった。

「金沢へは、北陸《ほくりく》新幹線でいきましたか？」

茶屋が訊いた。

「いいえ。まだ乗っていません。二時間半ぐらいですね。金沢へは何回かいきましたが、小松《こまつ》まで飛行機、それからバスでした。茶屋先生は旅行作家ですから、北陸新幹線には開業と同時にお乗りになったでしょうね？」

「それがまだなんです。このごろは京都や奈良や姫路《ひめじ》などへいく仕事が多かったものですから」

ドアが開くと甲高《かんだか》い声がした。四人連れの男が入ってきた。ママと女のコたちが一斉に、「いらっしゃいませ」といった。客の一人は酔っているらしく鼻歌をうたっていた。奥のボックスにすわると女のコの名を呼んだ。いくら酔っていても、気に入った女性の名は忘れないらしい。

茶屋たち三人は椅子を立った。牧村はチャーチルへもどるといって茶屋と小木曽を誘った。小木曽は、あすの朝、遠方へゆく用事があるのでといって靖国《やすくに》通りのほうへ足を向けた。茶屋は、仕事を思いついたといって牧村に手を振った。牧村は、くるりと背中を向けた拍子《ひょうし》に、力士のような体格の男に足を踏まれて、悲鳴を上げた。

茶屋は、午後十一時に目黒《めぐろ》区祐天寺《ゆうてんじ》の自宅に着いた。［帰ったら電話を］と、夏見にメールした。彼女は帰宅途中の電車のなかだろうと思ったのだが、すぐに電話をよこした。

赤坂の店を休んだのだという。黙って出ていって、二か月間も連絡のない有森のことが、なぜかきょうは朝からいつもより気になり、胸騒ぎもするので休んだのだという。

「夕方からずっと、茶屋先生に電話しようと思っていました」

「有森さんについて、なにか思い出したことでも?」

「彼の身内の人に、なにかあったんじゃないでしょうか?」

有森の身内というと、いまのところ分かっているのは四つちがいの姉と二人の娘だ。姉と彼の長女は小樽に住んでいる。次女の住所は金沢だ。姉は有森と同じで、九谷焼の本場で生まれたらしい。その姉と彼の長女が小樽に住んでいるのは、それなりの理由があったにちがいない。

「わたし、ふと思いついたんですけど、小樽でも金沢でも、日帰りは可能ですね」

小樽へは羽田《はねだ》から新千歳《しんちとせ》へ約一時間半。空港から列車で小樽へ一時間あまり。北陸新幹線が運行されたので東京、金沢間はおよそ二時間半に短縮された。

「あんたは、朝から夜遅くまでいないので、その間に、小樽か金沢を往復していたんじゃないかって思いついたんですね」

「そうなんです。お姉さんか娘さんに、電話ではすまない用事ができたんじゃないかって」

「だったらそれを、あんたに話してもいいのに」

「彼から、お姉さんのことを聞いたことがありました。彼が小学生か中学のころだったようですが、『いつも姉と一緒だった』といったのを憶えています。去年、東京に雪が積もった日がありましたね」

「たしか二月初旬だった」

「降る雪を窓から眺めて、金沢は毎日雪が降っていたって、つぶやいていました。子どものころを思い出していたんじゃないでしょうか」

有森は、何歳ぐらいまで出生地の石川県にいたのだろう。それを夏見に訊いたが、知らないという。

雪を見ても、うだるような夏の日を迎えても、遠くすぎ去った日の思い出を語る人はいるが、有森には深い思い出というものがないのだろうか。そんなことはない。いつも姉と一緒だったとぽつりと口にしたのは、忘れられない日のことだったと思う。彼にとってまず思い出すのは、親のことでなくて、姉の昭子なのではないか。

雪といえば有森は、北海道の比布で猛吹雪に遭って動けなくなっていた。たまたまそこを通りかかった地元の人が、近くの民家へかつぎ込んでくれて命びろいしたということだった。彼は、降る雪を窓越しに眺めて金沢の冬を思い出した。冬と雪の思い出は、比布での吹雪だけでなく、それの前後に、遠方へ出掛けなくてはならない事情もあったはずである。

有森は、少年のころのことも、若いときの思い出も夏見には語っていないというが、記憶から消えたのではなく、思い出したくないし、語りたくない過去なのではないか。

3

茶屋は、羽田発十時の札幌《さっぽろ》便に乗った。

昨夜、夏見と電話しているうちに、居ても立ってもいられなくなったのだ。一人の男が消息を絶っている。これは異状事態なのだ。有森竜祐がどこでどうしているかを知りたい。

新千歳空港へはほぼ定刻の十一時三十八分に到着した。以前、航空会社のある社員に、飛行機の出発と到着はどのタイミングであらわすのかを尋ねたことがある。「出発」は滑走路で車輪どめをはずした時刻。「到着」は車輪が着地したときということだった。

空港から小樽へは［快速エアポート］に乗った。

有森の長女である竹田未保の住所を駅前の交番で訊いた。水天宮《すいてんぐう》の近くの外人坂《がいじんざか》というところだと分かった。交番の警官は地理案内に慣れていた。観光客用に刷ったものらしい地図のコピーに印を付けてくれた。歩いていける距離だった。

緩い坂を下った。小樽にはかつては銀行や商社だった古い建物がいくつも残っていて、レストランなどにも利用されている。小さなリュックの若い女性グループが灰色のビルを背景にしてカメラを向け合っていた。

観光客の大半は、中央通りを港に向かい、すっかり観光スポットになった小樽運河へいくが、茶屋は小さな地図を頼りにアーケードを抜け、寿司《すし》屋通りを横切った。石垣のある坂道をのぼって「竹田」の表札が出ている家を見つけた。

インターホンを押すと、すぐにドアが開いた。わりに背の高い細面《ほそおもて》の女性が、「どなた？」というふうに小首をかしげた。それが未保だった。彼女は外出するところだったという。

茶屋は名乗って、有森竜祐の近況を知っているかと尋ねた。

「父の近況をわたしに？」

彼女は、なぜなのかといって眉間《みけん》を寄せた。

茶屋は、質問のしかたが唐突《とうとつ》だったのを反省して、順序立てて話した。

「父が、二十代の女性と暮らしていたのも、知りませんでした。今年はまだ寒いときに小樽で二度会いました。二月の初めと三月でした」

「有森さんは、あなたに会いにこられたんですね？」

「わたしにというよりも、伯母《おば》のことを気にかけて、ときどききたんです」

「伯母さんというと、有森さんのお姉さんですね？」

「はい」

知っているのかという返事だ。

「有森さんは、ちょくちょくお姉さんに会いにきておられたんですか？」

未保は、茶屋の顔をじっと見てうなずいた。父親のことをよく知っているらしいとみたようだ。

有森の姉は土門昭子という名で、小樽に住んでいることになっているが、健康に問題でもあったのか。

昭子は五年前に夫を亡くし、子どもがなかったので独り暮らしになった。夫は小樽の北《きた》一硝子《いちガラス》に長年勤めていた人で、夫婦はなに不自由ない暮らしを送っていた。一年ほど前から昭子には認知症の徴候《ちょうこう》がみえはじめた。知人の名を思い出せないことが多くなったと、未保に話すようになって半年もすると、買い物にいった先で、なにを買うつもりだったのか分からなくなった。自宅の前を通りすぎることがあって、近所の人に呼びとめられた。近所の人に会ってもものをいわなくなったという。

「わたしには、高校生の娘と中学生の息子がいます。去年の暮れ近くのことでしたが、二人の子どもに、『おばあちゃんは、わたしたちの名を忘れたみたい』といわれました」

未保の声が少し細くなった。

「昭子さんは、あなたや、あなたのお子さんには、よくお会いになっていましたか？」

「伯母の家は、歩いて十分ぐらいですので、一週間か十日に一度はわたしが訪ねたり、ここへ伯母がきたりしていました」

未保は昭子のようすや症状を、東京の竜祐に電話で知らせていた。彼は昭子に会いにきた。彼のすすめで病院で診てもらった。医師から、単独での外出は危険だといわれた。その警告どおりのことが起こった。

未保は、茶屋との話が長くなりそうだと思ってか、手提《てさ》げ袋からケータイを取り出すと、背中を向けて短い会話をした。

彼女の夫は、小樽運河の一角でレストランを経営している。未保はほぼ毎日、二、三時間、その店を手伝いにいっているのだといった。

「せまいところですが、どうぞお上がりください」

彼女は玄関を上がった左手のドアを開けた。白とブルーの絨毯《じゅうたん》の上のソファには細かい花模様の布が張られていた。暖炉《だんろ》の上には古代遺跡から出土したような色とかたちの壺《つぼ》がのっていた。

「今年の三月でしたが、警察からわたしに電話がありまして、伯母が小樽港の海員組合事務所に保護されているといわれました」

「そこにはお知り合いでもいるのでは？」

「いいえ。どこかと勘ちがいして入っていったんです。そこの職員の方に、訳のわからないことをいったので、警察へ連絡してくれたんです」

　それから十日ほどあと、またも警察から未保に電話があった。昭子が、中心街のホテルのロビーのソファに一時間以上もすわっていた。そこは旧北海道拓殖《たくしょく》銀行小樽支店の建物。ホテルのスタッフが言葉を掛けたところ、昼食を摂りにきたのだと答えた。レストランはここではないというと、『わたしはここがいいの』といって動こうとしなかった。スタッフは彼女の表情を観察して、べつの場所と勘ちがいしていると判断したという。

　このことを未保は竜祐に電話で知らせた。

　彼は次の日にやってきて、昭子にも未保にも会った。昭子は姪の子どもの名を忘れてしまったようだが、竜祐を見るとにこりとして、『竜ちゃん、どこへいってたの。さがしたんだよ』といって肩をさすった。竜祐は昭子の肩を抱いて涙ぐんだ。

　このことを未保は、金沢にいる妹の杉本理名に話した。数日後、理名は小樽へやってきて、昭子に会った。昭子は微笑《ほほえ》んだが、だれだったのか思い出せないらしく、なにもいわなかった。理名も、『伯母さん』と呼んで、言葉を失っていた。

　竜祐と未保と理名の三人は連絡し合って、小樽で会った。昭子を独り暮らしさせておくのは危険なので、しかるべき施設にあずけることで話し合いはまとまった。理名が、金沢市内なら明日にでも入れる施設がある。設備の充実しているホームだといった。

　三人そろって昭子を自宅に訪ねた。その日の彼女は体調がよかったのか、気分も安定していたのか、たいそうよろこび、自らお茶をいれるといったり、未保に、食事の準備をするようにといいつけたりもした。

金沢で暮らさないか、と竜祐がいうと昭子は、『金沢へいきたい。竜ちゃん、金沢へ一緒にいこう』といった。養老ホームで暮らしてもらいたいがいいか、と訊いたが、その意味は理解できないらしく、『金沢へいきたい。早く一緒にいこう』と竜祐をうながした。

理名が手続きをすませて、昭子を金沢大学附属病院近くの養老ホームへ入居させた。竜祐は、週に一度は昭子に会いにいくようにと理名にたのんだ。

理名は昭子に会いにいくと、そのようすを竜祐にも未保にも電話で伝えた。

「有森さんも、お姉さんのお見舞いに金沢の養老ホームを訪ねているでしょうね？」

茶屋が訊いた。

「毎月、二回はいっています。父がいくと伯母はよろこぶそうです。北陸新幹線があるので金沢へは楽にいけるようになったと、父はいっていました」

未保は、金沢へいった昭子には一度も会っていないといった。

昭子と未保が小樽に住むようになったきっかけを茶屋は訊いた。

「伯母の夫の土門さんは、会社の仕事でちょくちょく金沢へきて、伯母と知り合ったんです。真面目《まじめ》で誠実な人なので、お嫁にきてほしいといわれると伯母は、すぐに承知したということでした。子どもに恵まれなかったのを悔んでいましたけれど、夫婦仲は円満で、二人は何度もヨーロッパ旅行をしていました。……わたしは東京生まれでしたが、伯母を好きでしたし、北海道も好きでしたので、毎年、函館や富良野《ふらの》や、それから利尻《りしり》島や礼文《れぶん》島にもいっていて、そのあとはかならず小樽へきていました。夫の竹田とは、伯父の紹介で知り合いました。彼は、伯父の勤め先がやっているレストランに勤めていて、いずれ自分の店を持ちたいといっていました。わたしも夫の計画に賛成だったんです」

未保は過去を振り返って話したが、自分の父親である有森は、彼女の経歴のなかには存在しなかったかのように名前は登場しなかった。有森は三十代半ばで作家デビューした。二、三年経って売れはじめた。それからはくる日もくる日も、家族に背中を向けるようにして作品を書きつづけていたので、娘の未保と理名には父親の印象が希薄なのではないのか。有森は子どもの教育を妻に任せ、四六時中、小説の執筆に没頭していたようにも思われる。妻が子どものことで相談したいときに、彼は外で酒を飲んでいたのかもしれない。

4

有森の姉と、娘である未保の、今日までの話がひと区切りついた。そこで茶屋は、有森の近況を話すことにした。

有森は三年前から唐沢夏見と一緒に住んでいたことを、あらためて話した。

「三年も前から……」

未保は、自分の三年前はどんなだったかを振り返っているようだ。

「有森さんは、長年住んでいた杉並区の持ち家を処分なさって、中野区のマンションに移られました。奥さんを亡くされてからの独り暮らしが寂しくなったというだけではないようでした」

「なにか変わったことでもあったんですか？」

「あなたは、お父さんの健康状態を詳しくお聞きになったことはありませんか」

「三年ぐらい前だったと思いますが、ゴルフにいってくると、三日間は疲れがとれないので、やめることにしたといっていました。それから、お酒に弱くなって、飲んでいるとすぐに眠たくなるなんていったこともありました。そのほかにはべつに……」

彼女はそういってから、不安そうに茶屋の目をのぞくような表情をした。

「三年前のことですが、有森さんは大学病院で健康診断を受けました。その結果、食道と胃にがんと、そのほかにも進行しそうな腫瘍が見つかった」

「えっ、がんが？」

彼女は胸で拳をにぎった。

「病変は手術で取り除くことができる。手術とは、胃の全部を切り取ること。もし手術をしなかったら、せいぜい二年しかもたないだろうと診断されたそうです」

「そんな、そんな大事なことを。……大学病院で診てもらったことも、がんと進行の可能性がある腫瘍が見つかったなんていうことも……」

聞いていないといって、激しくまばたいた。茶屋の話が信用できないようだ。

茶屋は、有森が夏見にいったことを話した。

有森は手術を受けないことにした。したがって医師の見立てどおりなら、余命は二年。生涯に残された二年を好きな人と一緒に暮らしたいと、夏見に求愛した。有森にどのくらいの資産があるのかは分からないが、彼は遺産のすべてを彼女に与えると約束した。夏見は考えたすえ、「二年間ぐらいなら」と、彼と暮らすことにした。有森は彼女の返事を聞くと、持ち家を処分して、マンションに移った。

七十二歳と二十四歳のカップルが生まれて、三年がすぎた。有森の体型も容貌《ようぼう》も変わらないし、寝込むような病気もしていない。毎月、大学病院の内科と外科へ通って、薬の処方を受けている。その薬のなかにはがんの進行を押しもどすような種類のものは入っていない。毎日、少量だが飲酒しているし、週のうち一、二回は外へ飲みに出掛け、疲労が激しいのでといってやめていたゴルフも復活させたという。

「有森さんがいなくなったのは、四月二十一日ということです。なにかお気付きになったことはありませんか?」

「いいえ。失礼ないいかたかもしれませんが、茶屋さんがおっしゃったこと、わたしには信じられません。二年で死ぬような症状が見つかれば、わたしにも妹にもそれをいうはずです。わたしと妹は、有森竜祐の娘なんです。そんな大事なことを知らせてよこさないのはおかしいです。……病変は三年前に見つかったということですが、その間にわたしは父に何度も会っています。父は小樽にくるとかならず寄るおすし屋さんがあります。そこの大将とは仲よしで、健康のことなんかも話題にしていると思います」

茶屋は、そのすし屋の名と場所を聞いてメモした。

「病気のことは信じられないかもしれませんが、有森さんがいなくなったのは事実です」

未保は、目に力を込めるように茶屋を見てから、赤いカバーのスマホを出すと、有森の番号に掛けた。が、通じなかったので首をかしげた。

「二か月ものあいだ、知り合いのどなたとも連絡を取り合っていない。どこでどうしているのかも分からない、どうしてなのか、一緒に暮らしていた人にも一言もいわない。なぜなんでしょう。有森さんには、人に話せないなにかがあったんじゃないでしょうか」

「そんなことはないと思いますけど……」

彼女はつぶやくようにいって暗い表情をした。

彼女のスマホが音楽を奏《かな》でた。彼女はからだをひねって応答し、急に来客があったのでといい、仕事の指示らしいことを告げた。相手は、夫がやっているというレストランの従業員なのだろう。

「有森さんは、四十年ぐらい前、旭川市に近い比布町で猛吹雪に遭って、危《あや》うく一命を落とすところでした。たまたま通りかかった人がいたので助かったんですが、それをお聞きになったことがありますか?」

「比布だったかどこだったかは知りませんけど、吹雪で動けなくなったことと、ある家で助けられたという話を聞いたことはあります。茶屋さんは、それをどなたかからお聞きに?」

「通行人によって有森さんがかつぎ込まれたのは、恩田さんという農家で、そこの娘さんが東京に住んでいて、有森さんとは交流がありました。月島登志子さんという方です。私は月島さんに会って、四十年ほど前の出来事を聞いたんです。月島さんは有森さんが金沢出身だと聞いていたので、金沢へいってみたいし、金沢の思い出を聞こうとしました。ところが、有森さんは、少年時代のことはほとんど憶えていないといったそうです。……それから四十年ほど前の吹雪の日のことですが、比布へどなたをさがしにいったのか、お分かりになりますか?」

「さあ……」

彼女は目を伏せた。父親の過去を訊かれるのは嫌だといっているようにも受け取れた。

また未保に電話があった。それを機に茶屋は椅子から立ちあがった。

玄関で靴を履《は》いてから未保を振り向き、四月二十一日以降、有森は金沢の昭子に会いにいっているかを訊いた。

「いっています。理名が知らせてきました。伯母は父を見るととてもうれしそうな顔をするし、ホームの職員の方の話では、『きょうは竜ちゃんは』って訊くことがあるそうです。わたしは金沢へいってからの伯母に会っていませんが、近いうちにいくつもりです」

有森の消息が分かったら知らせてほしいと茶屋はいって、頭を下げた。

未保に聞いた「すし伴《ばん》」は寿司屋通りにあった。

白い帽子の板前が二人立っていた。食事どきをはずれているからか、カウンターに客は三人しかいなかった。

茶屋は、竹田未保に紹介されてきたといって、カウンターの端にすわった。主人がのれんをくぐってきた。七十歳見当の体格のいい男だ。有森竜祐のことを訊くために彼の娘を訪ねてきたのだというと、

「有森さんが、どうなさったんですか？」

主人はほかの客をちらっと見てから茶屋に首を伸ばした。

二か月前から行方知れずになっているのだというと、主人は顔色を変え、個室へ通した。テーブル席が二つあって、衝立で仕切ってある。壁に有名俳優の色紙が竹でつくった額に収まっていた。

正面にすわった主人にビールを注いでもらうと、夏見から聞いた有森の暮らしを手短に話した。

有森が若い女性と一緒に生活していたのを、主人も知らなかった。

「それは、どういう女性ですか？」

「会社員です」

茶屋は、夏見がクラブで働いていることは話さなかった。

「有森さんは、小樽にお姉さんと娘さんがいる関係で、年に何度かきていたんです。今年はまだ雪がある時季に寄ってくれました。お姉さんは体調がよくないという話をしていましたが、そのときは、自分のからだのことは話さなかったような気がします。有森さんは私より四つ上ですが、持病もないし、年齢よりもずっと若く見えます。去年はゴルフを一緒にやりましたが、ボールはよく飛ぶし、足もしっかりしていました」

有森の経歴を聞いたことがあるかというと、

「会社員でしたが、三十半ばに小説家になったと聞いたことがありました。それ以外には。……そういえば有森さんは昔話をしない人です。私は、金沢生まれとしか知りません。五年ばかり前でしたか、九谷焼の銘々皿をいただきました。楼閣山水文《ろうかくさんすいもん》という上品な絵の付いたもので、いまも店で使っています。知り合いの窯元《かまもと》が焼いたものだと、有森さんはいっただけでした」

「有森さんは、九谷陶芸村のあたりの生まれです」

「えっ。金沢市じゃないんですか」

九谷陶芸村は金沢市の南、能美市にある、三六〇年の歴史を誇る九谷焼のすべての情報が集結する場所だ。

主人は、茶屋のグラスへビールを注ぎ、自分は肉厚の湯呑でお茶を飲んだ。

有森の小説を読んだことがあるかと訊くと、何冊もあるし、サインをしてもらった本もあるというと、主人は瞳をぐるりとまわし、

「有森さんには、出身地の金沢や石川県を舞台にした作品が少ない、いや全部読んでいるわけじゃありませんが……」

どうか、と茶屋の感想を訊く表情をした。茶屋よりも主人のほうが、有森の作品を多く読んでいるようだが、

「私が持った印象は、北海道を舞台にしたものが多いということです」

「私もそう思います。たまに本屋をのぞきますが、ここ何年かは新しい本は出ていないようですね。以前は店の入口に近いところに、どんと積まれていたものですが」

主人は、書店で有森の新刊を目にすると、すぐに買っていた人なのだろう。作家の有森と知り合ったから書店へ入るようになったのではなく、以前から小説を読む習慣があった人なのかもしれない。

「金沢へいかれたことがありますか?」

「六、七年前に一度だけ、すし屋仲間といきました。いい町ですね、見るところがたくさんあって。……川沿いのなんとかいうお茶屋街で食事しました」

「川沿いの茶屋街というと、浅野川沿いの主計町《かずえまち》ですね」

「そう。そこの人に聞くまで、町名を読めませんでした。市内にお茶屋街は三か所あるって聞きました」

「東山《ひがしやま》のひがし茶屋街と、犀川左岸の寺町台《てらまちだい》地区のにし茶屋街です」

金沢では、茶店と区別するために茶屋街を「花街《はなまち》」と呼ぶ人がいる。

「何泊の旅行でしたか?」

「二泊でした」

一泊は中心地のホテル、もう一泊は湯涌《ゆわく》温泉の旅館だったという。主人は、ひがし茶屋街を見たかったたし、にし茶屋街へもいってみたかったが、兼六園と金沢城公園と長町《ながまち》武家屋敷跡と加賀《かが》友禅工房見学で、スケジュールは一杯だったという。

「京都にもいきましたが、もう一度いきたいのは金沢です。あとで観光案内を見ていたら、いってみたい場所がいくつもありました」

有森は、生まれ故郷の石川県よりも北海道の風景をよく作品に取り入れているが、その理由を知っているかと訊いた。

「四、五年前のことです。小説の話が出たときがあったので、北海道をよく書いているがと私が訊いたんです。そうしたら北海道には本州にない風景が何か所もある。作品の構想を思いつくたびに、舞台にしたい場所へいきたいんだが、もう無理だといっていました。有森さんのいきたいところは、オホーツク海岸なんです。道路はあるが鉄道はない。観光客とは縁のない海辺の町や集落を歩きたいと思っていたといっていました」

有森は四十年ほど前に比布という町で猛吹雪に巻き込まれ、危ない目に遭っている。そのころは小説家になっていなかった。小説の舞台にするための取材ではなくて、人をさがすなかでのことだったといわれている。

5

すし伴を出るとサヨコに電話した。

「先生は、いまどこですか？」

これが彼女の口癖《くちぐせ》だ。

「小樽だが、これから新千歳空港へいって、いったん帰る」

「いったん帰るっていうと、すぐにまたどこかへ旅立つということ？」

「金沢へいこうと思っているんだ」

「金沢。いいな。いまいってみたいとこはどこって訊かれたら、わたしは迷わず金沢っていうわ。……先生、いま小樽にいるんなら、わざわざ太平洋側の東京へ帰ってこなくても、日本海側を真っ直ぐ南下すれば」

「鉄道は金沢までつながっていても、新幹線があるわけじゃないし、何時間でたどり着けるかも……おい、次の名川探訪は、金沢だぞ」

「あら、つい先日、函館をって、牧村さんが」

「有森竜祐さんの失踪を聞いて、急に牧村が。彼の出生地が金沢、実際は金沢じゃないが、金沢市内に住んでいた時期があるらしい。有森さんには謎が多い。彼の小説を読んだことがあるか？」

「十篇、もうちょっとかしら」

「デビュー作は？」

「たしか四十年ぐらい前、『小説焦点』の新人賞を受賞したのがスタートでしたね」

「その作品は？」

「読んでません」

「その作品を読んでおいてくれ」

「ちょっと待って。検索してみる。えーと、小説で、ＡＲＩＭＯＲＩ。あった。受賞作は、短編で、タイトルは『おんな川』」

「時代小説か？」

「ラブストーリーだって。イントロをちょっと読むからね」

彼女は声をととのえるためか、小さな咳払《せきばら》いをした。

［日本海に面したこの町には、中心街をはさんで二本の川がある。正式な名はあるが地元では一方を「男川」、一方を「女川」と呼んでいる。流れの穏やかなほうが女川で、激しい音をさせているほうが男川という人もいるが、町なかを流れる双方は、しごく穏やかである。二本の川は、むかしから幾多の小説にも登場し、引き立てられたり、なげきの舞台にされたりした。

この町には「花街」と呼ばれている茶屋街が三つある。一五八〇年以降、一帯を治めた藩公認の茶屋街で、往時の遊興《ゆうきょう》がしのばれる家も小路《しょうじ》も残っている」

書き出しの［この町］は金沢だ。犀川を「男川」、浅野川を「女川」と呼んでいる。犀川の源流は、富山県境の奈良岳。加賀山地を流れ、金沢市街を貫いて日本海の金石港《かないわ》に注ぐ全長約三五キロメートル。石川県では手取川に次ぐ大川。この川の北を並行するように両白山地《りょうはく》の大倉山《おおくらやま》の北を源にする浅野川は、旭町《あさひまち》、東山などの岸を洗って、金沢駅の北をくぐり抜けて、ひたすら北上し、大野《おおの》川に合流する。二つの川のあいだに小立野台《こだつの》地と呼ばれている段丘があって、その先端は兼六園と金沢城跡だ。

昔、築城のさい、最大の苦心といわれたのは用水の確保だった。金沢の発展には二本の川から引くことのできた五十五もの用水の寄与が大きいといわれている。地形の恵みもあったが、木桶《きおけ》を埋め、そこから城内へ水を引き揚げた。その水はいまも兼六園内を清らかに流れている。

夜、事務所に帰り着くと、有森竜祐のデビュー作を読んだサヨコの感想がデスクにのっていた。

その横にピンクのメモ用紙があって、「先生、おつかれさまでした。おなかがすいてたらって思ったので、ちっちゃなおにぎりをつくっておきました。ハルマキ」とある。

調理台にラップを掛けたにぎり飯が三つ皿に盛ってあった。ラップの上に、「ルーペで見て」と付箋《ふせん》が貼ってある。

「にぎり飯を食うのに、ルーペとは、いったい?」

茶屋はつぶやいたが、地図を見るときなどに使う拡大鏡をあてた。三角の頂点付近が光っている。メシ粒にレンズを近づけた。整然と並んだメシ粒の頭に金、銀、赤、緑の点が描かれている。メシ粒の先端を爪に見立て、ネイルアートを施したのだ。きょうのハルマキにはほかにやることがなかったのだろう。

にぎり飯を口に入れた。ほのかに塩が利いていて、中心には、コンブ、オカカ、メンタイコが埋まっていた。

サヨコは、有森の［おんな川］の概要を書いていた。……兼六園を思わせる広い庭園で植物の管理を担当している青年と、花街の一角の老舗《しにせ》菓子屋に勤めている二十二歳の女性との恋愛劇。文学好きの青年は、彼女に会うたびに、読んだ本の感想を話していた。もとから口数の少ない彼女は、彼の話を川沿いの木の下で黙って聞いている。彼の話が面白いとも、切ないともいわなかった。

青年はかねてから富山湾にのぞむ雨晴《あまはらし》海岸から雪の立山《たてやま》連峰を眺めたいと思っていた。青い海の上に雪山が浮かんで見えるらしいのだと話すと、彼女もその風景を眺めたいといった。二人は休みの日がとれた。雨晴へいくために駅で落ち合う約束をした。その日は好天だった。彼は約束の時刻よりも十五分も前に着き、駅舎からいままで気付かなかったものを眺めて、驚いたり感心したりしている。彼女との約束の時刻はとうにすぎたが、彼女はあらわれない。晴れていた空に灰を撒《ま》いたような雲が流れてきて、あたりが暗くなり、雨もぱらつきはじめた。彼は日没まで彼女を待っていた。夜になって、彼女が勤めている菓子屋をのぞきにいく。いつも彼女が客の相手をしていた位置には、背の高いべつの女性がいて、にこにこ顔で客と会話していた。

彼は、いままで彼女と会っていたことは夢だったのではないかという気さえした。

彼がそこを立ち去ろうとしたとき、下駄の足音が聴こえ、菓子屋の横の小路から彼女が出てきた。彼はとっさにものかげに隠れた。彼女は怒っているような歩きかたで去っていく。すると小路から五、六歳と思われる男の子が走って出てきて、「お母さん、待って」といった。彼は闇の暗さに溶けるように、家の壁に張りつく……

茶屋は、有森の「おんな川」を私小説ではないかと想像した。作家のデビュー作には自分の体験を描いたものが多い。

三章　川沿いの事件

1

ＪＲ金沢駅東口広場の大屋根に入った。高さは三〇メートル、奥行きは七〇メートル。金沢は雨や雪の日が多い。訪れた人びとに、「どうぞ」と傘を差し出すやさしみを表して、その愛称は「もてなしドーム」という。

アルミ合金とガラスを組み合わせたドームは、巨大な鳥籠《とりかご》にも似ている。

予想はされていたが、北陸新幹線が運行されると、それを待っていたように金沢への来訪者数が急増したという。駅舎のもようも新幹線開業前とはがらりと変わり、人の往来は大都会なみである。

有森の次女である杉本理名の住所は、浅野川に近い京町《きょうまち》だった。地図を見てそこを訪ねようとしたが、他人のほうが有森の身内のことを訊《き》きやすそうだと思い直して、十三《じゅうさん》間町《げんまち》の石井政信という人に会いにいくことにした。石井が有森に宛てた年賀状には、去年の秋、小樽の未保からサケを送ってもらったとあった。石井という人は有森だけでなく、彼の娘たちとも交流があるのだろう。年賀状の字はたしか万年筆で書いてあったようだ。有森と同年代の人のような気もする。

タクシーの運転手はナビゲーターを動かした。

「犀川沿いです」

犀川大橋と桜《さくら》橋の中間あたりだといって車を出した。

「お客さんは、どちらからおいでになったんですか?」

白髪頭の運転手が訊いた。

東京からだというと、きょうはすでに東京からきた二組を兼六園へ案内したという。

「お客さんも、観光ですか?」

「仕事です」

「ここは初めてなんですか?」

三、四回きてはいるが、兼六園と美術館と茶屋街ぐらいしか知らないといった。

「お客さんがこれからおいでになるところは、『犀星《さいせい》のみち』といって、室生《むろう》犀星文学碑があります。犀星忌はいつだかご存じですか?」

「さあ」

「三月二十六日です。犀星記念館は、犀川の対岸ですが、いったことがありますか？」

「いいえ」

「泉《いずみ》 鏡花《きようか》記念館へは？」

「何年か前に、見学したような気がします。たしか主計町の近くだったような」

「下新町《しもしんちよう》です。金沢三文豪をご存じでしょうな？」

なんだかテストを受けているような気分だ。

泉鏡花、室生犀星、徳田秋声《とくだしゆうせい》だと答えた。

「よくできました。午前中に兼六園まで送ったお客さんには、泉鏡花ってなにをした人かって訊かれ、思わずブレーキを踏みましたよ」

車は、犀川大橋の手前を左折して、病院の横でとまった。訪ねたい家を一緒にさがしてあげようかといわれたが、大丈夫だといって料金を払った。この人の車に乗っていると、知識の浅さをわらわれて肩が凝《こ》りそうだし、市内をくまなく案内するなどといいそうな気もした。

石井家はすぐに分かった。長町武家屋敷の旧家にあるような構えの家だった。大きさのそろった石を三段積み、その上に屋根付きの土塀が築かれ、門の両側には太い柱を建て、黒ずんだ厚い板を張っている。土塀の上には緑の植木が枝をさしかけて、さりげなく母屋《おもや》を隠していた。

インターホンには年配者らしい女性の声が応え、少し間をおいて、「横のくぐり戸をお入りください」といわれた。

玄関へは八十代と思われる主人が出てきた。顎《あご》に白い髭《ひげ》をたくわえていた。石井政信だった。

訪ねた理由をいうと応接間へ通された。屋内全体がうす暗い感じがした。応接間には甲冑《かっちゅう》が置かれて調度は古色をおびている。まるで博物館のようですがと茶屋はいって、広い部屋を見まわした。

「ここはお武家さんの邸《やしき》でしたが、金沢の味噌《みそ》と醬油《しょうゆ》をつくっていた店が明治のころに買い取ったのでした。しかし使いみちがないといって売りに出していたのを、私の父が買って、いたんでいたあちこちを補修しました。なにしろ二百年は経《た》っていますので、毎年、どこかを直しています」

以前、石井家はにし茶屋街で茶屋を経営していたのだが、その商売と家を手放して、現在は香林坊《こうりんぼう》と金沢駅に貸店舗を持つ不動産管理会社だという。実務は息子がやっていて、彼は隠居の身だといって目を細めた。眉は針金を植えたように光っている。

「有森竜祐になにがあったんですか?」

石井政信は急に目つきを変えた。有森が金沢にいたころのことを知っているようだ。茶屋は、有森が唐沢夏見と三年前から一緒に暮らしていたことと、四月二十一日にいなくなり、今日にいたっても消息が分からないと話した。

石井は腕組みをして目を瞑《つむ》って、茶屋の話を聞いていた。光った眉も白い髭も動かさず、眠ってしまったのかと思うほど動かなかった。

六十がらみの少し猫背《ねこぜ》の女性が、香りの立つ紅茶を運んできた。服装から推《お》して家事手伝いをしている人のようだ。

「一緒に住んでいた女性に、一言もいわずに出ていった理由は分かりませんね。彼女に話したところで、分かってもらえそうもない事情があったんじゃないでしょうか」

石井は目を開けると、茶屋に紅茶をすすめ、彼は九谷焼のカップに砂糖を入れた。

「石井さんは、有森さんの健康状態をご存じでしたか？」

「どういうことでしょうか？」

「三年前に、東京の大学病院で精密検査を受けて、食道と胃にがんと、そのほかにやがてがんに進行する腫瘍《しゅよう》が見つかったそうです」

「三年前に……」

「手術をしないと、二年ほどしかもたないといわれたということです」

「そんなこと、聞いていません」

石井は、眉を寄せて首を左右に曲げた。有森は、うれしいことも辛《つら》いことも、この石井には語っていたのではないか。

有森は九谷陶芸村のあたりの生まれだが、何歳ぐらいから金沢に住んでいたのか。

「四つか五つのとき、姉の昭子に連れられてきたんです」

「ご両親にでなく、お姉さんにですか」

「父親は竜祐が幼いときに亡くなったそうで、顔を知らないといってました。昭子も顔を憶《おぼ》えていないようでした。昭子と竜祐は、母親に会いに寺井町から金沢へやってきたんです」

「お母さんは、子どもを寺井町に置いて、金沢に住んでいたんですね？」

「母親は、マキという名でした。寺井町に子どもを残して金沢へきた理由は、よく分かっていません。私の母がいうには、好きな男の後を追ってきたんじゃないかということでしたが、実際にそうだったかどうか。昭子と竜祐は親戚にあずけられていたんですが、母親会いたさに、親戚の家を抜け出してきたようでした」

昭子は、だれに聞いたのか、母親のマキは金沢の茶屋街にいるという情報をにぎっていた。八歳か九歳だった昭子は、単独よりも弟と一緒のほうが母をさがしやすいと思ったのか、それとも弟を残して去るのはしのびなかったのか、彼女は竜祐の手をにぎって金沢へやってきた。茶屋街のありかを人に訊いて、その界隈《かいわい》を歩いていたらしい。うす汚い格好の姉弟が、三味《しゃみ》の音や唄声が洩《も》れる花街《はなまち》の小路をめぐり歩いたり、疲れはててか、急坂につけられた石段に腰掛けている姿が目撃されるようになった。

　声を掛けた人はいたが、姉弟は口を利《き》かなかった。そのころ石井家は、にし茶屋街で［夢《ゆめ》むら］という茶屋を営《いとな》んでいた。小路を通りかかった石井の母の時子《ときこ》が、裏口から昭子と竜祐を手招きした。それはいつ初雪が降ってもおかしくない時季だった。にぎり飯や菓子を与える人はいたが、時子は姉弟を風呂に入れた。乾いた肌着と服を着せた。どこからやってきたのかも、花街を歩く目的も訊かず、温かいご飯と煮物を食べさせた。食べ終えた二人は床に両手をついて頭を下げて、出ていこうとした。

『死ぬ気ですか？』

　時子は鋭くいった。

　二人は壁ぎわで抱き合ってちぢこまった。

　時子は昭子に、階段の下の小部屋へ布団を運ばせた。陰からじっと観察していると、昭子は布団をのべ、竜祐に着替えをさせた。日常の習慣があらわれていた。二人にしつけを教えていた人がいたのだと時子は見てとった。

　次の朝、二人が寝た部屋をのぞくと、布団がきちんとたたまれていた。

　二人は正座して朝ご飯を食べた。

『きょうは、どこへいくの？』

　時子が訊いた。

『外にいます』

昭子が答えた。その朝、時子が二人の氏名を訊いたのだった。

裏口から二人が出ていくとき、傘を持たせた。

『お昼は?』

昭子が首を横に振った。時子は、小袋にピーナッツを入れてそれぞれに持たせた。使用人に二人の後を尾《つ》けさせた。

昭子と竜祐は、寺町の寺院をぐるぐるまわって、犀川の流れを眺めるように川岸にすわっていた。一時間ばかり経つと川沿いを上流に向かって、桜橋の対岸沿いをゆっくり歩いて犀川を渡った。橋の上からも川を見下ろした。一時小雨がぱらついたが、傘をささなかった。

昭子と竜祐は、日暮れ前に夢むらへもどってきた。

『お帰り』

時子がいった。使用人の一人が昭子に、風呂場の掃除をいいつけて、やりかたを教えた。彼女は下着ひとつになって二つの風呂場を丁寧《ていねい》に洗って水を張った。竜祐は薪《まき》運びを手伝った。

その日、時子は昭子から、母親の名を聞いた。

半年前にいなくなった母親は金沢の花街にいるらしいと、あずけられていた親戚の人に聞いたということだった。

時子は、昭子のいったことを手がかりに、にし茶屋街だけでなく、ひがし茶屋街にも、主計茶屋街にも問い合わせた。

昭子と竜祐が夢むらに住みついて半年ほど経った。昭子は小学校へ通っていた。マキに関する情報は時子に届かず、金沢の花街にいるという噂はあたっていなかったのではと思われるようになっていた。

夏のさかりのような暑さが二日つづいた日中、夢むらの勝手口を三十をいくつか出た歳格好の、ととのった顔立ちの女性が訪れた。使用人が応対に出ると、『こちらに有森という名字《みようじ》の子どもが、お世話になっているという話を耳に入れたものですので』といった。使用人は目を見張って女性を吟味《ぎんみ》するように見ると、奥へ引っ込んだ。安楽椅子《いす》でうつらうつらしていた時子に訪れた女性のことを告げた。時子は、はね起きると勝手口へ走った。小さな包みを胸に抱えて立っている女性の顔をじっと見てから、『マキさんですか？』と訊いた。名前を呼ばれた女性は、『はい』と返事をすると、目から涙がこぼれ、唇《くちびる》をふるわせた。

赤いランドセルを背負《せお》った昭子が帰ってきた。マキは昭子を抱き寄せるかと思ったら、畳《たたみ》に両手をついた。

街なかを歩きまわるのが日課になっていた竜祐がもどってきた。マキは竜祐の前にも蛙《かえる》のように這《は》って謝った。

時子は、夢むらへきてからの昭子と竜祐の日常をマキに話した。マキは背中を波打たせた。彼女は源氏名でひがし茶屋の座敷に出ていたのだった。なぜ二人の子どもを親戚にあずけて金沢へきたのかは語らなかった。時子は『どうせ正直に話すわけがない』といって、マキの事情を訊かないことにしていた。

石井家は犀川沿いに貸家を二軒持っていた。一軒が空《あ》いていたので、そこをマキに貸すことにした。

マキは芸者と呼ばれていたが、芸を習った人ではなかった。酒席で酌《しやく》をするために座敷に招《よ》ばれていた。顔立ちがいいのでそれなりのものを着ると器量が引き立ち、彼女をたびたび招ぶ客が何人もいた。ひがし茶屋街で遊んでいたが、にしで飲食するようになった人もいた。彼女の鞍替《くらが》えで夢むらもたいそう繁盛した。

2

石井政信は、昭子と竜祐の成長過程を見ていた人である。

「私の母の時子は、昭子と竜祐を自分の子どものように世話をやいていました。母親のマキは夜の仕事のために、二人の子どもにろくに朝ご飯をつくってやれなかったんです。それを見て、夢むらへ二人を呼んで食事をさせました。それが習慣になって、昭子と竜祐は、朝起きると、ランドセルを背負って夢むらへくるようになりました。時子は、『朝ご飯をしっかり食べない子は丈夫になれない』が口癖《くちぐせ》で、私たちの食事にも気を遣《つか》っていましたから」

政信には三つちがいの妹・克世《かつよ》がいた。克世と昭子は仲よしで、姉妹のようだった。昭子は、中学を卒《お》えると夢むらの従業員になった。時子は昭子を高校へ上げたかったようだが、昭子は、『もう学校は嫌だ』といったので、夢むらの調理場で働くことになった。

竜祐は、高校を卒業すると金沢では屈指《くっし》の織物工業に就職した。入社して数年は製造現場作業に就《つ》いていたが、営業部署転属となった。接客業務に向いているとみた上司がいたらしい。

営業部員になると彼は、製品の見本を携《たずさ》えて、東京へも大阪へも神戸《こうべ》へも出張した。得意先から注文を受けてもどってくると、製造現場の幹部らとたびたび検討会議にのぞんでいた。

政信の父の周一郎《しゅういちろう》は、竜祐から会社の状況を何度も詳しく聞いていた。以前からそこを見込みのある企業だとはみていたようだ。会社の業績が上向いているのを知ると、家作を処分したりして得た資金をその会社に投資した。しょっちゅう証券会社の社員を自宅に招んだり、証券会社へ出向いたりしていた。

竜祐は、幹部の目にとまって、東京や横浜地域の営業責任者に抜擢《ばってき》された。

竜祐には衣料品店勤務の恋人がいた。

彼が二十六歳のころである。金沢市内で殺人事件が起きた。

被害者は神谷由佳利《かみやゆかり》、二十三歳。竜祐の恋人である。

三月中旬、兼六園の雪吊りがはずされて間もなくの早朝、犀川右岸、新橋《しんばし》近くを散歩していた人が岸辺に浮いていた人を発見して通報した。警官の手で川から引き揚《あ》げられた女性の頸部《けいぶ》には、鋭い刃物で切られたらしい一本の傷が口を開けていた。

自殺が考えられなくはなかったが、刃物傷があまりにも深い点から、遺体は解剖された。肺はわずかだが水を吸い込んでいた。検査の結果、何者かに鋭い刃物によって首筋を横に切られ、呼吸のあるうちに川に突き落とされた可能性があることから、他殺はまちがいないとみて捜査がはじめられた。

遺体の所持品からすぐに身元が判明した。神谷由佳利が凶行に遭《あ》った地点も分かった。遺体発見地点より約四〇〇メートル上流の火災現場の近くだった。川岸の道端に血だまりがあったのだ。

火災現場は佐野《さの》姓の民家である。焼失した家からは同家の三十一歳の主婦が遺体で見つかった。主婦は、顔と首と下半身を刃物で切られていた。これも他殺と断定された。夜間、何者かが主婦だけがいた同家へ押し入り、彼女に重傷を負わせたあと、放火して逃げたものと推定された。彼女は燃える家のなかで何分かは息をしていたことが解剖で分かった。

殺された主婦の夫の話では、家には少なくとも百万円の現金があったはずだという。犯人の目的は現金強奪だったのだろう。刃物を見せて脅《おど》すつもりが、主婦が騒ぐか抵抗したので切りつけた。または犯人は顔見知りだったのかも。被害者の夫は病院勤務の医師。被害者は専業主婦で、夫婦のみの家庭。そういう家になぜ百万円以上もの現金が置かれていたのか。犯人は、同家にまとまった額の現金が置かれているのを知っていたのではないかと推測された。

佐野家の火災発生は午後九時四十分ごろ。主婦・佐野素絵《もとえ》の死亡推定時刻も同時刻であり、傷を負った水死体で発見された神谷由佳利の死亡推定時刻も同じころだった。

このことから二つのことが考えられた。一つは、由佳利は佐野家を訪ねていた。そこへ強盗が入った。犯人の顔と姿を見て逃げ出そうとしたところを犯人によって切りつけられた。踏み込んできた犯人に抵抗した素絵も刃物で切られて倒れた。犯人は現金を奪った。素絵が差し出したのかもしれなかった。犯人は現金を奪っただけでなく、首に深傷《ふかで》を負って動けなくなっていた由佳利をかついで、川へ放り込んだ。

もう一つは、川沿いの道を通りかかった由佳利は、佐野家から煙が出ているのを見て足をとめた。と、そこへ同家から飛び出してきた人間を見たか、鉢合わせをした。それは主婦から現金を奪ったうえに重傷を負わせたあと、放火した犯人だった。由佳利はとっさに声を上げたかもしれない。見覚えのある人間だったということも考えられる。犯人のほうは、そのまま逃げるわけにはいかず、煙を見て声を上げそうになっていた由佳利の首を刃物で横に切り、血を噴いている彼女を川に突き落とした……

金沢市片町《かたまち》の佐野家が放火され、焼け跡から同家の主婦が刃物で数か所を切られた焼死体で発見された翌朝。犀川では神谷由佳利が遺体で見つかった。

竜祐は、勤務先の会社で会議にのぞんでいた。そこへ思いがけない男たちが訪れた。私服の刑事が会議室から竜祐を呼び出し、『神谷由佳利さんを知っていますね？』と、いきなり訊いた。

竜祐は、『はい』と答え、付合っている人だといった。

彼女と最後に会ったのはいつかと訊かれたので、『昨夜、一緒に食事をしました』といって、彼女と別れた時刻と、その十五分後に自宅に着いたと答えた。

彼は警察署へ同行を求められた。取調室で刑事から、神谷由佳利が犀川で遺体で発見されたと説明を受けた。竜祐には刑事の話が信じられず、『由佳利さんに会いたい。いまどこにいるんですか』と訊いた。

刑事は霊安室で由佳利と対面させた。竜祐は狂ったような声を上げ、彼女に抱きついた。

　警察署には、由佳利の家族がきていた。竜祐は家族と面識があった。五人は手を取り合い、ひとしきり泣いていた。竜祐は彼女と結婚するつもりだったたし、彼女の家族も、年内には話をまとめるつもりでいた。

『こういうことは考えられませんか』事情聴取にあたった刑事が取調室で切り出した。

『たとえば由佳利さんは、あなたにいえない秘密を抱えていたとか』

　どういう意味かと、竜祐は目を吊り上げた。

『犀川沿いを歩いていた由佳利さんは、ある人間に呼びとめられた。呼びとめたのは男だと思います。彼女と男は知り合いだった。彼女はその男とは会いたくなかったので、「待ち伏せしたり、追いかけたりしないで」というようなことをいった。あるいは大きい声を出したかも。それを道路沿いの家の主婦が聞きつけて、窓からのぞいたか玄関から出てきた。男女の話し合いが険悪で、危険が予想された。……その予感はあたっていて、男は隠し持っていた刃物で由佳利さんを切りつけた。そういう現場を目撃した場合、たいていの人は悲鳴を上げる。主婦も、まるで自分が襲われたような声を出したでしょう。刃物を持った男は、首から血を噴いている由佳利さんを、川へ突き落とした。そうしておいて今度は、目撃者の主婦を追いかけ、家のなかまで入り込んだ。若い女性を殺害した現場を見られてしまったんだから、放ってはおけない。ひょっとすると主婦は、その男と顔見知りだったかも』

『由佳利さんが、かつては犯人の男と特別な間柄だったと、刑事さんはおっしゃるんですね？』

『そういうことが考えられるんじゃないかっていうんです。目下《もつか》、目撃者さがしをしていますが、一方の見方に偏《かたよ》ると捜査をあやまることがあるのでね。由佳利さんには、過去にそういう人はいなさそうでしたか？』

『そんな。刃物を持ってつきまとうような人間と。彼女は、刑事さんが想像するような、うす汚れた過去のある人じゃありません』

『有森さんは、由佳利さんとはいつから親しいお付合いを？』

『去年の夏からですから、七、八か月です』

『いままでの由佳利さんの態度や、話したことを思い返してください。それからあなた自身は、だれかから恨まれていそうな憶えは？』

竜祐は、『ない』といって、拳を固くにぎった……

それから一か月後、東京へ出張した竜祐は、「一身上の都合《つごう》により、退職いたします。身勝手をお許しください」という退職願を本社に郵送して、行方《ゆくえ》不明になった。

「行方不明に。では、今回で二度目なんですね」

茶屋が石井にいった。

「いいえ。何度もありました」

「ええっ、何度も。それはいつのことでしたか？」

「いつだったか、いちいち憶えていません」

「しばらくのあいだ行方知れずになって……」

「そう。ひょっこり帰ってくるんです。松子さんと結婚してからも、そういうことがあったんじゃないでしょうか」

松子は七年前に病死した。作家になった竜祐を陰で支えた人と、業界ではいわれている。

「小樽に住んでいた昭子さんは、竜祐さんの娘の理名さんの世話で、金沢市の養老ホームに入れられたということですが、石井さんはお会いになりましたか？」

「会いにいきました。私のことが分かっているのかどうか、顔を見合わせたら、にっこりしました。彼女のことは、暗い階段に竜祐と並んで腰掛けていたころから知っていましたので、歳のはなれた妹のような気がしていたんです。中学を出て、夢むらで、私の母の手足のように働いた女でした。母が亡くなったときは、自分の母親のマキが亡くなったときよりも、哀しそうでした。彼女は、マキのことを書くと［お母さん］、私の母のことは［おかあさん］でした。口で呼ぶときも微妙にちがっていました」

昭子はホームの職員に日に一度は、「きょうは、竜ちゃんは」と訊くのだという。

「竜祐が会いにいったら、さぞよろこぶでしょう。症状が改善するんじゃないでしょうか」

石井はそういってから、「竜祐のやつ」と、叱《しか》りつけるようにつぶやいた。

3

有森竜祐は、行き先を告げず出掛けて、長いときは二か月、短くて十日ほどは音信不通になった過去があるという。

「最初のとき、つまり東京から勤務先へ退職願を送ったときは、どのぐらいで帰ってきましたか？」

茶屋は、石井の話をメモした。波瀾万丈《はらんばんじょう》の人生を送ったといわれる人は少なからずいるが、有森は自ら暮らしに波風を起こしていたようだ。

「十日か、二週間ぐらいだったような気がします。彼が退職願を送ったことを、母親も昭子も知らなかったんです。勤務先の社員がマキを訪ねてきて、竜祐の退職願を見せたんです。マキはびっくりして、昭子に話しましたが、昭子も知らないし、その理由も分からなかったんです」

「神谷由佳利さんの事件に関係があるとは思われませんか？」

「帰ってきた竜祐に由佳利さんの事件と関係があるのかを、訊いた憶えがあります。竜祐はなにも答えてくれませんでした。それで私は彼を怒鳴《どな》りつけました。勤《つと》め先に理由もいわずに辞めたり、家族に一言の断わりもなく何日もいなくなるなんて、正常な人間のやることじゃないといって、叱りつけました。気の強い母は、私に、張り倒してやれなんていいましたよ」

どこへいっていたかぐらいは答えたのではないか、と茶屋はいった。

「北海道へいっていたようです。帰ってきて何日かしてから、ぼそっといったような気がします」

「北海道……」

茶屋は、東京の板橋区に住む月島登志子の話を思い出した。彼女は、『たしか四十年ぐらい前』と古い出来事を語った。それは彼女の古里の北海道比布の冬の日のことだった。目を開けていられないような猛吹雪《ふぶき》のなかを、通りがかりの地元の人が、倒れていた男を見つけて、彼女の実家である恩田家へかつぎ込んだ。助けられた男が東京の有森だった。彼が三十五歳ぐらいのときである。

恩田家の人に、比布に知り合いでもいるのかと訊かれた有森は、人をさがしにきたというようなことをいった。彼はさがしている人の名字を口にしたが、恩田は聞いたことのない名字なのでべつの土地に住んでいるのでは、といった。

「竜祐は、なんという人をさがしていたんでしょう?」

石井は、眉間《みけん》に縦皺《たてじわ》を彫《ほ》って顎に手をあてた。

「恩田さんは、その名を思い出せないということでした」

「北海道で吹雪に遭って、身動きがとれなくなったことがあったと、竜祐から聞いた憶えがあります。それを話したときの彼は、それほど深刻な話しかたをしなかったような気がします。比布というところで命びろいしたというのも、初耳です」

石井は顎の髭を撫《な》でたり、首をかしげたりしていたが、話し疲れたらしく、急に口数が減った。それを見て茶屋は、「なにか思いあたることでもありましたら」といって、椅子を立った。


「無理なお願いをしてすみません。金沢ではなにか分かりましたか。夜のお店に出る気がしないので、きょうも休むつもりです。なつみ」

メールが入っていたので、ホテルの部屋から夏見に電話した。彼女はまだ会社にいる時間だったが、すぐに応答した。勤務先とは無関係なことだろうから、「いま、話せるか」と茶屋は訊いた。

「大丈夫です」

どういう部署に所属しているのか、彼女は茶屋からの連絡を待っていたようだ。いや、有森から電話かメールがあるのを毎日、待っているのではないか。彼女は会社の同僚には年齢差のある男性と暮らしているのを話していないだろう。同僚のなかには有森竜祐の名を知っている人がいるかもしれない。「唐沢夏見は七十代の小説家と同棲《どうせい》している」というふらした者がいたとしたら、その話はたちまち社内で評判になりそうだ。

茶屋は、有森と石井家の間柄を手短に話した。

「その話、有森さんの作品にあります。『ひよどり越え』というタイトルです。金沢とは書いていないけれど、金沢を知っている人にはその舞台が分かるかもしれません。その街には花街があって、そこへ遊びにいく男性は悲壮な覚悟で、暗くて急な坂や階段を通るんです。ある日からその階段に八つか九つの姉と五つぐらいの弟がすわっていたとありました。わたしはその小説を読み返した憶えがあります」

「昭子さんという姉と有森さんが、出生地の寺井町からお母さんをさがしに金沢へきたのが、その小説に登場する姉弟の年齢だ。やはり有森さんは、自分の過去を作品に織り込んでいるんだね。……小説家はいいね。うれしいことも哀しいことも、作品に紡《つむ》ぐことができる」

茶屋のほうから気を遣って、石井に聞いたショッキングな事件は、彼女が帰宅してからあらためて話すことにした。

彼には訪ねたい先がある。ラウンジへ降りてコーヒーを一杯飲むと、中心街の詳細地図をノートのあいだから取り出した。主要建物でも店舗でも、スマホで調べることができるので、地図のコピーなどをにらんでいる者はいないだろうと思いながら、一軒の店を目でさがした。

有森の次女の杉本理名の自宅は市内京町だが、香林坊で九谷焼と漆器などを売る店をやっているのを、彼女の姉の未保から聞いてきたのだ。そこの屋号は「ひさごや」だが、茶屋が持っている地図には載っていなかった。

国道を横切って、夕方の長町武家屋敷を歩いた。冬は雪囲いをする土塀の邸が並んでいる。北陸新幹線の開通で観光客の数が急増したといわれるが、ここにも珍《めずら》しそうに木造の門のなかをのぞいたり「長町」のいわれを読んでいる人が何人もいた。細く浅い流れがあって、木橋が架かっている。土塀に沿って小路をゆくと、ひなびた家のガラス戸に灯りが映っていた。いわれのある家らしい。案内板もあった。

「こちらの灯籠《とうろう》は鏑木《かぶらき》創業当時から家宝として店先に置かれていたもので表面に九谷の焼物の絵柄が彫り込まれています」

なるほど、と茶屋はいって灯籠に顔を寄せた。

首筋に冷たいものが落ちてきた。雨だった。うす暗い小路の上を黒い雲のかたまりが流れていった。

飲食店の看板に灯が入りはじめた。傘を持たない人が駆けていく。ひさごやを見つけた。その店の前の路面だけが明るい。店には客が四、五人入っていた。黒のTシャツに白いパンツの若い女性が、「いらっしゃいませ」と明るくいった。女性客の一人がその店員に話し掛けた。

ケータイを耳にあてて笑っている女性がいた。白いシャツにジーパン姿だ。理名だろう。小樽で会った竹田未保に顔の下半分が似ている。茶屋は、九谷焼の酒器の棚の前で電話が終わるのを待った。理名は、「ありがとうございます」という言葉を繰り返して、電話を切った。

「茶屋さんですね」

理名のほうから声が掛かった。未保から歳格好や風貌を聞いていたという。

「二階へどうぞ。せまいところですが」

理名はスタッフの女性に声を掛けて、茶屋を二階へ案内した。たしかにせまい部屋だが、九谷焼の器と、金沢漆器と、輪島塗《わじま》の椀と、加賀友禅と金糸をあしらった布を壁と棚に、ほどよい間隔《かんかく》をもたせて飾っていた。

金沢の養老ホームで暮らしている昭子のようすを尋《たず》ねた。

「わたしを竜祐の娘だと分かっているのかが怪しいですね。でも、わたしは嫌いな人間ではないようで、微笑《ほほえ》むような表情をします。職員の方の話では、ほぼ毎日、『竜ちゃんは』とか、『竜ちゃんを呼んでちょうだい』と、何回もいうということです。それから、目にはどこかの風景が映っているらしくて、『危ないよ、そっちは危ない』といって、手招きの格好をするそうです。それを姉に電話で話したら、小樽にいたときよりもひどくなったといっていました」

茶屋は、石井政信に会ってきたことを話した。

「石井さんは、わたしたちよりも、父と母のことを知っていると思います。父が二か月も前から行方不明になっているのを、茶屋さんは話されたんですね？」

「三年前から若い女性と一緒に暮らしていたことも」

「父の行方については、なにか知っているようでしたか？」

「有森さんは以前にも、ご家族に行き先を告げずに出掛け、二か月ほど経って帰ってこられたこともあったそうです」

「二か月も。……母からそんなこと聞いた憶えがありません。姉もわたしも、父に関することを訊かれても、ちゃんと話せるかどうかの自信がありません。わたしが知っている父は、毎日、自分の部屋にこもって仕事をしていて、母が食事だって呼んでも、なかなか出てきませんでした。姉もわたしも、父が仕事部屋にいるのに、姿を見ないし、声も聞かないことがしょっちゅうありました。……小学生のときでしたか、人物の絵を描く授業がありました。教室で描いたのか家で描いたのか忘れましたけど、わたしは父を描いたのですけど、それは父の背中でした。目鼻のない黒い頭の絵を見た先生は、母にそれを見せたんです。家庭に問題でもあるんじゃないかって、心配なさったんです」

「有森さんは、あなたに背中を描かせるほど仕事に追われていたんですね」

茶屋は、有森の作品を何篇も読んでいるといった。

「あなたは、お父さんの若いときに、金沢で起こった事件をご存じですか?」

「事件。……どんなことですか?」

理名は顔色を変えた。茶屋は石井に聞いた川沿いの事件を話した。四十九年も前のことである。

「その事件、わたしが生まれる前のことですし、父からも伯母《おば》からも聞いていませんでしたけど、たしか十年ほど前、新聞社の方から聞きました。当時の新聞記事を見せていただいて、びっくりしたのを憶えています。その事件の犯人、分かったんですか?」

「いいえ。未解決だそうです。殺人ですが、時効になっているはずです。新聞社の人は、その事件をなぜあなたに?」

「父が疑われたのかどうか、警察で事情を聴かれた一人だったそうです。父は、殺された若い女性の知り合いだったので、警察はまっ先に目をつけたらしいといっていました。その方はわたしに、父から事件の話を聞いたことがあるかといいました。その方とわたしは親しいので、そういう訊きかたをなさったんです」

それはどこの新聞社の人かと茶屋は訊いた。

「金沢の北雪《ほくせつ》新聞です。しばらくお会いしていませんけど、いまも勤めていると思います」

十年ほど前の記者だったという人は女性で、富永《とみなが》ひろ子《こ》。理名と同年の四十二歳だという。

4

緩い坂道の途中にある居酒屋で腹ごしらえをした。他所《よそ》からきたらしい人たちが歩いている道なのに、居酒屋の客は一人だけだった。五十代に見えるその男客は、壁に寄りかかるようにして、ぐい呑みを口に運んでいた。飲みかたとタバコの吸いかたに不満のくすぶりがあらわれている。癪《しゃく》にさわることをいわれたのか、だれかを恨んでいるのか、酒を一口ふくんでは吐き出すようになにかいっていた。

茶屋は、ノドグロの刺身と時季はずれのブリの照り焼きを肴《さかな》に、重いジョッキでビールを飲んだ。にぎり飯を二つ包んでもらって、ホテルにもどった。

夏見に電話した。彼からの連絡を待っていたように彼女はすぐに応えた。

有森の行方不明は、初めてではないというと、

「では、もう少し待っていれば、帰ってくるんですね」

ときいた。

それはなんともいえなかったが、彼女を癒《いや》すために、

「私もそう思う」

とこたえた。

石井から聞いた四十九年前の川沿いの事件をかいつまんで話し、犀川で発見された二十三歳の女性は有森と交際中だったといった。

「有森さんは、それと似ているような事件の小説を書いています」

夏見は、有森の作品を片っ端から読んでいるのではないか。

「長編ですか？」

「一冊の本になっています」

「舞台は、金沢？」

「事件発生地は、石川県のM町となっていますけど、金沢と思われる場所が何か所か出てきます」

「事件は解決するんですね？」

「殺人犯は能登《のと》半島のS市というところに隠れて住んでいるのを、刑事は突きとめて、犯人の生活ぶりを何日間も監視している場面で終わっています。犯人を追う刑事が、急な雨での洪水や、猛吹雪に遭って、死んでしまうんじゃないかって思わせる場面が何回か出て

きます。吹雪のシーンでわたしは、身震いしたのを憶えています」

「その小説を読んだ感想を、有森さんに話しましたか？」

「彼と知り合ったばかりのころ読んでいたので、一緒に食事したときに話しました。彼は、『読んでくれたのか』とか『ありがとう』といったと思います」

その小説のタイトルは「夜の舟」だという。

「茶屋さん、わたし金沢へいきましょうか」

「えっ」

彼女がきたところで、有森の行方や失踪《しっそう》の目的が分かるというものではないだろう。そういおうとしたら、

「いまになってわたし、有森さんが抱えていた悩みを、考えてあげたり、聞いてあげたりしたことがなかったのを、後悔しています。わたしは彼に対して、とても邪悪なことを考えていました」

有森の病状が進行して、二年ほどで人生を閉じるといったのを指しているようだ。

じつは彼女は有森のことを、きょうは帰ってくるか、あすは帰るだろうと待ちつづけていた。しかし二か月ものあいだ彼からはなんの連絡もない。彼女の不安は限界に近づき、部屋の空気は虚《うつ》ろで、肌が寒いのではないか。だから夜の仕事に出られないでいるのだろう。

「今夜、わたしは、彼がいなくなる前の日のことを思い出していました。それは四月二十日で、月曜でした。お店に出ない日なので、家に帰ると、彼と一緒にする食事をつくりました。彼はいつになく、わたしがつくった夕食をおいしいといってくれました。それと、部屋のなかがいつもとちがっているような気がしたんです。彼は仕事をしていた部屋をきれいに片付けていたんです。あとで考えると、長い旅に出る準備をしていたのでしょうが、わたしは、部屋がきれいになっていると思っただけでした。なにか変わったことでもあったのって、訊いてあげるべきでした。……彼の若いときに出合った事件と、何度も行方を告げないでいなくなった過去を、いま茶屋さんから聞いて、彼はその事件にかかわる旅に出たんじゃないかって思うようになりました」

珍しいことに夏見は、息もつがずに長く話した。彼女は部屋のなかで、有森竜祐の足跡を追いかけていたようである。

「わたし、金沢へいきます。新幹線で」

彼女は、まなじりを決するようないいかたをした。

「会社は？」

「有給休暇が何日かあるんです」

彼女がくれば、有森との三年間をあらためて訊くことができそうだし、彼女が読んだ有森の作品から失踪か、あるいは無断旅行の理由のヒントでもつかめそうな気もした。茶屋は、列車に乗ったら到着時刻を知らせてといった。夏見は金沢へいく、とはいったが、これから風呂にでも入るか、あすの朝になって、鏡に映ったら、気が変わるかもしれなかった。

牧村から電話が入った。午後十時だ。今夜も歌舞伎町のクラブで、あざみの手をにぎって、水割りを二、三杯飲んでは、猫のような大あくびをしている時間だろうと思ったら、まだ会社だという。

「先生は、いまどちらですか？」

「金沢のホテル。取材から帰ってきたところだ」

「金沢で、いい店でも見つけたころじゃないかって思っていました。寝るにはちょっと早いので、原稿を何枚か書くおつもりなんですか」

「きょうは金沢で、有森さんの関係者に会ってきたんで、聞いたことをこれから整理。……あんたの用事は？」

「たったいま、知り合いの医師から連絡があったんです。有森竜祐さんの病状と、最近受《じゅ》診《しん》に来院した日を、内密に教えてほしいと頼んでおいた返事です」

有森は四月二十一日からいなくなったが、二十二日、それから一か月後の五月二十日、六月は十七日に受診していることも分かった。

それは重要な情報だ。茶屋はノートにはさんでいたボールペンをにぎった。

「有森さんは三年前、大学病院で内視鏡検査を受けました。その結果、食道と胃に小さな腫瘍が見つかったので、医師はその部分を削り取って、病理検査にまわしました。一か月後、来院した日、検査結果を説明しました。がんではないが、長年の飲酒と喫煙の影響とみられる食道炎がおこっている。放っておくと潰瘍《かいよう》をおこすこともあるし、がんを発生させるおそれもあるので、年に一回は内視鏡検査を受けることをすすめられたんです」

「がんじゃなかった」

「そう。手術を受けるような病状じゃなかったんです」

「有森さんは、夏見に嘘《うそ》をついた」

「彼女をだましたことになります。なぜ、生命にかかわる病気だなんていったんでしょうね」

夏見を好きになった。彼女のことを一緒に暮らしても不安を感じるような女性ではないと見込んだ。ただ一緒になってくれないかといったところで承知するとは思えない。それで、『せいぜいもって二年』という嘘をついたのではないか。

「有森さんは、検査結果を聞いたあとも、通院していたんだね？」

「毎月、決められた日に受診して、薬の処方を受けていたし、年一回は内視鏡検査も受けていたんです。食道炎をおこしているので、食道粘膜保護剤を服用していたはずといわれています」

　夏見とは二年間だけ同棲すると期限の約束をしたわけではないが、二年経過しても体調に変化はおこらない。彼女にどんないいわけをしたものかを考えているうちに、また一年を経過した。これ以上嘘をつき通すことは困難とみて、失踪を決意したのだろうか。

「有森さんは、べつにいい人ができたんじゃないでしょうか。夏見にそれをいうわけにはいかないし、うまい嘘を思いつかなかった。それで、煙が消えるように黙っていなくなったような気もします」

　牧村の想像があたっていないとはいいきれない。彼がいうとおりだとしたら、いまの居所をさがしあてないほうがいいような気もする。もしも有森が、べつの女性と暮らしているのが分かった場合、夏見とのあいだには騒動が起きそうでもある。彼女は、三年間、女性を無償で提供してきたと、訴え出ないともかぎらない、その間の有森には大した収入はなかった。住まいの家賃は彼の預金から引き落とされていたが、その他の月々のかかりは彼女が支えていたと居直ることも考えられる。この種の紛争に対しては敏腕をふるう弁護士がいる。もしも有森に多額のたくわえがあったら、夏見にごっそり持っていかれ、七十代の彼は、生きる気力を失ってしまうかもしれない。

「金沢は、旨《うま》いものがたくさんあるでしょ?」

　牧村は空腹を覚えているのではないか。魚は旨かったと茶屋がいうと、金沢の料理屋では生姜《しょうが》を多く使うのを知っているかといわれた。そういえば今夜の居酒屋の刺身にはすった生姜が、照り焼きにはきざんだ生姜が添えられていた。

「あんたらしくないことを知っているじゃないか。衆殿社には、金沢生まれの社員でもいるのか？」

「旅行作家がなにをいってるんですか。日本でただひとつ、香辛料の神様をまつる波自加《はじか》彌《み》神社で、はじかみ大祭が催《もよお》されるんです。神前に生姜などを供えたあとに、参拝者には生姜湯がふるまわれるそうです。生姜祭りはたしか六月ですよ」

知らないと恥をかきそうなので、茶屋はノートにメモした。生姜を「はじかみ」というではないかと笑われそうだ。

六月で思い出したが、第一金曜から日曜にかけて「金沢百万石まつり」がある。加賀藩祖・前田利家《まえだとしいえ》公の金沢城入城を再現した「百万石行列」が見どころで、毎年、著名人が利家と妻・まつ役に扮《ふん》する。

「氷室《ひむろ》開き」という行事があるのをものの本で読んだ記憶がある。加賀藩では冬のあいだに貯蔵した氷を六月末に取り出して、幕府に献上していたならわしだ。

急に窓が鳴りはじめた。カーテンをずらすと大粒の雨が窓ガラスを叩いていた。

5

夏見は金沢へやってきた。ベージュのジャケットに濃紺《こん》のパンツで、踵《かかと》の低い黒い靴を履《は》いていた。茶屋は新幹線の改札口で待っていたが、一挙に押し寄せるように出てくる人波のなかで長身の彼女は目立っていた。クリーム色の地に黒い縦縞《たてじま》の鞄《かばん》は重そうである。

「列車もきれいですてきでしたけど……」

彼女は、東口広場の「もてなしドーム」を見上げると足をとめた。金沢へは何年か前に一度訪れたことがあったが、地味な雰囲気の街という印象しかなかったという。北陸新幹線で訪れる客のために、駅のコンコースには輪島塗や九谷焼など、石川県の伝統工芸品を飾った門柱も立っているし、あちこちに金箔《きんぱく》を施《ほどこ》した飾りが目立っている。前回訪れたときの夏見は、兼六園、金沢城公園、長町武家屋敷跡ぐらいしか歩かなかったのではないかと訊いた。

「大きな市場を見たあと、お茶屋街を歩きました」

近江町《おうみちょう》市場を見たあと、どこの茶屋街を歩いたのだろうか。

「なんというお茶屋街だったかは憶えていませんが、同じような造りの二階屋が並んでいて、観光客が大勢いました。わたしたちは三人でしたけど、お茶屋街のなかの一軒で食事をしました。きれいなお菓子屋さんもあって、そこでおみやげを買いました」

「お茶屋が何軒もあって観光客が大勢いたというと、ひがし茶屋街でしょうね。そのあとは?」

「川に架かった大きい橋を渡って、川沿いの〔鏡花のみち〕を散歩しました」

それは浅野川だ。浅野川大橋を渡ると主計町だ。

彼女らは金沢見物のあとは能登観光に出て、千里浜《ちりはま》のなぎさを裸足《はだし》で歩いたし、能登金剛《こんごう》でヤセの断崖《だんがい》に立って身震いしたという。

「金沢市内でも能登でも、にわか雨に遭いました。足元が濡れて気持ち悪い思いをしたことも憶えています」

金沢駅から十分ばかり歩いて和食レストランへ入った。観光客らしい姿の人はいなかった。二人は海鮮丼を頼んだ。

渋茶を飲みながら、小樽と金沢で聞いた有森に関することを詳しく話した。

「子どものころ、お姉さんと一緒に、お母さんをさがして歩いていたことなんか、わたしには一言も話してくれませんでした。恥ずかしいことじゃないのに」

夏見は、水玉模様のハンカチを鼻にあてた。

「有森さんは小説家です。過去の体験を話すと、そのときどきのうれしさや哀しみが逃げていってしまう。だから人に語らずに作品に織り込んだんですよ」

茶屋のケータイがラテンのリズムを奏《かな》でた。電話は牧村だった。

「飯山《いいやま》、上越妙高《じょうえつみょうこう》、糸魚川《いといがわ》、黒部宇奈月温泉《くろべうなづきおんせん》」

まるで呪文をとなえているようだ。北陸新幹線の停車駅名をいっているのだが、牧村はどこでなにをしているのか。

「間もなく、富山です」

「なに、あんたは新幹線の車中？」

「そうですよ」

「そうですよって。……ゆうべは金沢へくるなんていっていなかったじゃないか」

「いいませんでした。一杯飲《や》っているうち、急に北陸の風にあたりたくなったんです」

「気まぐれというか、無計画な」

茶屋は、夏見がさっき金沢へ着いたところだといった。

「じゃ、きょうは、有森竜祐の捜索会議ですね」

牧村は楽しそうである。

茶屋は、昨夕、杉本理名から聞いた北雪新聞社の記者で、犀川沿いで起きた殺人事件を調べ直していたらしい富永ひろ子に会うつもりでいた。

「わたしは、お邪魔でしょうか？」

夏見は茶屋の顔色をうかがった。

「その人に一緒に会いましょう。富永さんは有森さんに会っているような気がします。彼女は事件や犯人をどこまで調べることができたか。……有森さんは彼女の話をヒントにして、小説を書いたかも」

北雪新聞社は香林坊で、ガラス面を多用したモダンな建物だった。

電話を掛けると、富永は入院中だといわれた。病気は重いのかと訊くと、交通事故に遭って足を負傷して、治療を受けているが、午後三時以降の面会は可能だと教えられた。入院先は金沢大学附属病院だった。

富永ひろ子は、六人部屋の窓ぎわのベッドでグレーのニット帽をかぶっていた。読んでいた本が枕元に伏せてあった。彼女が乗っていたタクシーにトラックが衝突し、彼女とタクシードライバーが怪我《けが》を負ったのだという。

茶屋は突然の来訪を詫《わ》びた。夏見は病院の前で買った花束をいったん差し出してから、

「窓辺に活《い》けますね」

というと、病室を出ていった。

茶屋は、金沢へきている目的を話した。蒼《あお》白い顔の富永は、茶屋の名を知っていたし、先月は彼の著書の『神田川』を読んだといって頰をゆるませた。

夏見は、ナースステーションで花びんを借りてきて、赤とピンクと白のバラを活けて窓

辺においた。

「ありがとうございます」

富永は目を細めたし、ベッドサイドが明るくなった。

茶屋と夏見は、スチールの椅子に腰掛けた。

茶屋の推測どおり富永は有森に五、六回会っているという。

「お会いになったのは金沢で？」

「最初は東京でお会いしました。電話でご都合をおうかがいして出掛けていったんです。そのあと有森さんが金沢へ二回おいでになりました。べつの用事でわたしが東京へいった折、電話連絡をし合って、お会いしました」

有森に最後に会ったのは三年前だったという。

「その時も東京ですか？」

「金沢でした。娘さんに会いにきたとおっしゃっていたような気がします」

「有森さんは、たびたび金沢へきていたんですね」

「古里だし、この街が好きなんです。娘さんもいらっしゃるし」

有森の出生地は寺井町だが、茶屋は富永の知識を訂正しなかった。

「有森さん、こんなにきれいな方と一緒になっていらしたのに、いったいなにがあったんでしょうね」

富永は、折れたほうの足に手をのせて笑った。夏見は無言で首を横に振った。

四月二十一日にいなくなった有森だが、翌二十二日にかかりつけの大学病院で診察を受け、五月にも六月になってからも同じ医師の診察を受けている。体調に異常はないのだから、どこかで元気にしているのだ。

茶屋は、四十九年前に犀川沿いで発生した二人の女性殺害事件に話を移した。

「犀川の新橋近くで水死体で発見された神谷由佳利さんは、有森さんとは婚約者の間柄でした。事件直後から有森さんは、警察の捜査を無視するように、独自に犯人をさがしていたんです。わたしはそのことを警察への取材で知ったので、お会いすることにしたんです」

「有森さんには、犯人の目星《めぼし》でも?」

「目星はついていなかったと思います。神谷さんは、たまたま通りかかった人だったんです。佐野家の奥さんを刺し殺して、放火して、道路へ出てきたところを神谷さんに見られた。たぶん神谷さんは大きな声を上げたのだと思います。すぐそばの家から煙や火が出ていれば、だれだって大声を上げますよ。神谷さんはそこを一分か二分早く通りすぎていれば、災難に出合わなかったでしょうね」

「富永さんは、三十数年も前の事件を掘り起こして調べておいでになったんですね」

「新聞で未解決事件の特集をすることになったので、わたしは犀川沿いの事件を担当しました」

被害者の関係者や、当時の捜査を担当した刑事などに会ったのだという。

その取材でどんなことが分かったかを茶屋は訊いた。

「刃物で切られたり刺されたうえに放火されて殺された佐野素絵さんは、複雑な男女関係の過去があった女性だったことが分かりました」

「複雑というと?」

「殺されたときは三十一歳で、佐野清人《きよと》さんと入籍して一年ばかりでした。二十代のときに一度結婚したことがありました。離婚後、ある人と同棲していたんですが、きっぱりと話をつけていないうちに、佐野さんと知り合って一緒になったんです。ですので、何年間か同棲した男性と、最初に結婚した男性は警察ににらまれました」

「二人は、シロだったんですか?」

「アリバイがあったので、実行犯ではありません」

しかし、怪しい点はあったということらしい。

茶屋は、血の気のうすい富永の顔から目をはなした。十年ほど前に富永は、殺された由佳利の婚約者が有森だったのを知ったので、彼に会った。二人は事件を話し合ったにちがいない。それから二人は何度か会っている。富永は、有森が事件を調べ、なにかをつかんでいるとにらんだからではないか。

「有森さんは、長期間いなくなったことが何度かあったようです。もしかしたら、犀川沿いの事件の犯人に関するなにかをつかんだ。あるいは真相を調べるために、遠方へ出掛けたりしていたんじゃないでしょうか？」

「そのようでした。わたしは有森さんがつかんだことを引き出したかったんですが……」

有森は富永の取材には応じても、情報は与えなかったのだろう。彼は逆に富永から事件の核心に触れるようなことを引き出したかったのではないか。新聞記者の富永ひろ子が取材で拾ったことよりも、有森がつかんだ事実のほうが真相に迫っていたということも考えられる。

四十九年前の犀川沿いの殺人事件の真相は、報道された内容とは異なっているのではないか。捜査本部を設けた警察も、腑《ふ》に落ちない点があったので、長期にわたって刑事を動かしていた。マスコミも警察の発表を信頼しなかった。双方は知恵を絞ったが犯人にたどり着くことができず、事件は時効を迎えてしまったのではないか。

富永の皮膚の内側には、喋《しゃべ》ることができないネタがいくつも隠されているような気がしはじめた。有森も同じ感触を得たので彼女に何回か会った。会って話し合ううちにヒントをつかんで、独自に動きはじめたのかもしれない――

四章　作られた闇

1

茶屋と夏見が病院を出たところへ、牧村が電話をよこした。彼は列車内から、間もなく富山へ着くと電話してきたが、それからだいぶ経っている。

「金沢に着いたんじゃないのか？」

「さっき、着きました。ただいま浅野川の梅《うめ》ノ橋の上です」

「梅ノ橋」

茶屋は頭に金沢の地図を広げた。だれかに聞いたかなにかで読んだことのある橋である。たしか浅野川大橋の上流に架かる次の橋ではなかっただろうか。

「橋の上で、なにをしているの？」

「友禅流しを見ているんです。もう川ではこれをやっていないんじゃないかって思っていましたが、たった一人で、職人が」

加賀友禅の長い反物《たんもの》に、色や絵柄を付けるときに使った糊《のり》を、川水で洗い流しているのだ。昔は犀川でも行われていたが人工的な装置によって屋内での作業に変わったので、自然の川で見られるのは珍しいのだろう。友禅流しの風景は東京でも見られた時期があった。新宿区中井《なかい》辺りの妙　正寺《みょうしょうじ》川沿いには絵付けや染物の職人が何人もいて、妙正寺川ではこの風情《ふぜい》ある作業を目にする機会があったと本に書いてある。

牧村は、浅野川の浅瀬で友禅流しが行われているのを知っていたので、見物にいったのか。

いや、彼はそんな風情にひたりたくて清流に近寄るような男ではない。茶屋の頭に広がった地図には木造の古い家並みが映った。梅ノ橋に近い浅野川右岸にはひがし茶屋街が、左岸には主計町茶屋街がある。金沢観光をする人たちがかならず訪れる場所だ。

牧村の目あてはどちらかの茶屋街にちがいない。金沢へくるたびにかならず立ち寄る茶屋でもあるのか。それともなじみになった芸妓《げいぎ》がいることも考えられる。

「友禅流しを見たあとは、どっちへいくつもりなんだ？」

「どっちとは、どういうことですか？」

「ひがしか、主計町かっていうこと」

「ほう。さすがに勘がいいですね。ひがしです」

「なんていう店？」

「『十糸幸《としゆき》』です。女将《おかみ》さんと知り合いなんで」

夏見と一緒だが、そこへいっていいかというと、

「大歓迎です。女将は金沢生まれですから、先生は知り合っていたほうが」

茶屋と夏見はタクシーを拾うことにした。

「前にきたときは気がつきませんでしたけど、金沢って起伏の多いところなんですね」

彼女は西側の緑の高台を眺めた。そこが兼六園と金沢城公園だ。その一帯は堀と水路に囲まれている。

タクシーは百万石通りを走って浅野川大橋を渡って、ひがし茶屋街の端でとまった。市内に三か所ある茶屋街のうちで最も範囲が広く、何本かの小路をはさんで百軒ぐらいの二階屋がぎっしりと並んでいる。紅殻格子《べんがらごうし》や連子《れんじ》窓の家もある。

「あら」

夏見は観光客の多さに驚いたのだ。浅草《あさくさ》の仲見世ほどではないが両側の家を見上げたり、店をのぞいたりしている人が列をなしていた。

北陸新幹線開業前の金沢には、年間八百万人の観光客が訪れていたというから、これからはその数がぐんと増えていくはずだ。歩いている人のなかに背の高い外国人の姿もあった。

この古い情緒《じょうちょ》ある茶屋街には現在でも一見《いちげん》客を入れない店が何軒かあるらしい。昔は格式のあった茶屋だったが、いまは和風レストランやカフェに姿を変えた店もある。茶屋街の中心の石畳の道をいくとまた人の群に出合った。なんと金箔をあしらったみやげ物と金色の菓子を売っている店だった。そういえば金箔の生産は金沢の伝統工芸であり、国内で生産される一〇〇パーセントが金沢産だった。すぐ近くには十代ではと思われる可愛い顔の女性店員がいるきれいな菓子屋があった。その店には客は一組しか入っていなかった。

突きあたりを左折した二軒目が［十糸幸］と墨書きの四角い軒灯《けんとう》が出ている家だった。格子のすき間から向かい合っている女性客の黒い影が見えた。両側の家よりも間口は広い。

牧村はいちばん奥の席にいた。茶屋を見ると腰掛けたまま手を挙げた。彼の正面には白い髪の一か所をうすい紫に染めた女性がすわっていた。茶屋と夏見が近づくと、牧村と女性は立ち上がった。

白い髪の人はこの店の女将だった。六十半ばか七十の角にさしかかっていそうだ。色白で口が小さい。若いころはさぞや美しかったろうと思われた。

牧村が茶屋を紹介した。

「わが『女性サンデー』に茶屋先生の名川シリーズが載ると、毎号完売です。今回は私が、金沢の中心街をはさんで流れている犀川と浅野川を書いていただくことにしたんです。茶屋先生は、函館へいきたいとか、一度連載したのを忘れて、釧路川をやりたいなんていって、この加賀百万石金沢を流れ下っている大動脈である二本の川に気付かなかったんです。名川探訪なんですから、川沿いの風景はもとより、川にまつわる歴史と、悲喜こもごもの人びとのいとなみを、丁寧にたどっていただくようにお願いしているんですが、茶屋先生が名川探訪をはじめると、なぜか、かつてその土地では起こったことがないような凶悪な事件が発生するんです。今回もひょっとしたらと思いあたったものですから、私は、この金沢市に波風を立たせてはと……」

女将は口に手をあてた。笑いをこらえたらしかった。

牧村の前にはびんビールが置かれている。唇が切れそうな肉うすのグラスで何杯か飲んだようだ。

「先生もお嬢さまも、どうぞお掛けください。ただいまグラスを」

女将は背中を向けて奥へ消えた。

夏見は牧村に名乗って、茶屋の横へ腰掛けた。

「有森先生は、こんなきれいな方を置いてきぼりになさって。……いったいどこでどんな日常を送っておられるのか」

牧村は自分でグラスにビールを注いだ。

若い女性従業員がビールを運んできた。

「おつまみでございます」

ホタテの貝柱に金時《きんとき》ニンジンのせん切りがまぜてあった。夏見はそれが盛られた土色の器をじっと見つめた。

「この家へは、何年も通っているようだが」

茶屋はビールを一口飲んだ。

「七、八年前からです」

「毎年きているんだね？」

「年に二回は」

牧村は箸《はし》を使った。「ここでちょいと飲《や》って、日が暮れるころに二階へ上がりましょう」

二階は和室にちがいない。牧村は新宿・歌舞伎町の上等とはいえないクラブしか知らない男と思い込んでいたが、このような風雅《ふうが》な場所のなじみ客だったとは意外である。

二階の座敷で飲みはじめて三十分もすると、ふすまの向こうで女性の声がした。女将がふすまを開けた。板の間で和服の女性が二人、手をついていた。芸妓を呼んでいたのだ。三味線を持っている人は四十半ば見当。丸顔のおちょぼ口のほうは桐香《きりか》という名で二十四、五ではなかろうか。

「うわっ、感激」

た。

夏見は、一度はこういうところへ上がってみたいと思っていたといって、胸を押さえた。

若い芸妓が三人に酒を注いだ。

牧村が二人の芸妓に茶屋を紹介した。桐香は、週刊誌に載った名川シリーズを読んでいるし、茶屋の著書を十冊以上は読み、なかでも京都の『保津川《ほづ》』と『鴨川《かも》』が面白かったといった。

「来月の『女性サンデー』では、金沢の川を茶屋先生に連載していただきますので、ぜひ」

牧村は宣伝も忘れなかった。

三人は、一時間ばかり、芸妓の唄と踊りに酔い、料理に舌鼓《したつづみ》を打った。夏見は料亭の料理に興味を持っていたといって、出された料理を撮影した。茶屋は、旨いと思ったものをそっとメモした。それはカキの生姜煮と酢締めのイワシだった。

三人は十糸幸を出ると茶屋街をぶらついた。昼間ほどではないが観光客がそぞろ歩きをしていた。灯りを入れた二階の障子窓から三味の音が洩れてきた。

夜の浅野川を見下ろした。川岸にしゃがんで耳を澄ますと、かすかに岸を洗う音がのぼってきた。川底は浅いようだ。対岸が「鏡花のみち」だと牧村が飲み足りないような声でいった。

三人は、ホテルのバーで水割りグラスをにぎった。

茶屋は、四十九年前、犀川沿いで発生した殺人事件を掘り起こしてみたいといって、石井政信と北雪新聞の富永記者から聞いたことを話した。

「先生は、まずその事件の概要を書いてください。それから被害者の関係者である有森竜祐先生のことも。有森さんは、神谷由佳利さんが殺されたあと、出張先から勤務先へ退職願を出した。勤務先や仕事に不満があったんじゃなくて、神谷さんを殺した犯人をさがそうとしたんじゃないでしょうか。警察が捜査しているのに、彼は調べようとした。ということは、犯人に心あたりでもあったんじゃないでしょうか」

今夜の牧村は、酒を飲むほどに頭が冴《さ》えてくるらしい。

2

夏見は、有森の作品を何篇も読んでいる。そのなかには、自分の生《お》い立ちも、恋人を失った事件も織り込んでいることが分かった。しかし彼の全作品を読んだわけではない。まだ彼女の目に触れていない作品のなかに、彼なりに想像した犯人像を書いていることも考えられる。

茶屋は、サヨコとハルマキに、有森の全作品を読むようにと指示した。

彼と夏見は、金沢の図書館で、四十九年前の犀川沿いで起きた悲惨な事件の新聞記事をさがして読んだ。事件発生時の報道内容は、石井から聞いたこととほぼ同じだった。

事件の関係記事をコピーしてもらったり、要点をメモしていたところへ、北雪新聞の富永記者が電話をよこした。

「きのうは、ご苦労さまでした。お花をいただき、ありがとうございました」

富永は小さな咳《せき》を二つ三つした。見舞いに対しての礼をいうためだけではないようだ。

「例の事件については、わたしなりに調べたこともありましたし、事件発生直後の警察の見解、そして報道をくつがえすような事実が判明していましたので、きのうお話ししたことを訂正します。わたしはあの事件で、もっともっと調べたいと思っていることがありましたので、きのうの茶屋さんのご質問には、ご満足のいくような答えをしなかったと思います」

そのとおりだった。それについて富永はなにをいおうとしているのか。

「わたしは交通事故で入院したのですが、内臓の検査も受けたんです。その結果、肝臓に障害があることが分かったため、当分退院することができないんです。ですので、茶屋さんに事件を存分に調べていただくために、気付いたことをお話しします」

茶屋は、あらためて病院を訪ねようかというと、電話で話すといった。

「放火された主婦の素絵さんを殺した犯人は、のちに名乗り出たんです」

「えっ、名乗り出た……」

「時効後にです。犯人の名は高松文典《たかまつふみのり》。事件を起こした当時は二十七歳。ですので健在なら七十六歳になっています」

　時効後高松文典は、十五年あまり良心の呵責《かしやく》と悔恨《かいこん》にさいなまれつづけながら、国内の何か所かを転々としていた。犀川沿いの殺人放火事件の時効成立が報道された数十日後、金沢中《なか》警察署へ弁護士に付き添われて出頭した。

　北雪新聞の社会部部長は、県警幹部から、出頭した男の供述《きようじゆつ》を報道しないという条件で話してもらった。

　供述内容はこうである。――高松文典は、被害者である片町の主婦・佐野素絵の夫とは同郷であり親しい間柄だった。四十九年前のことだが、緊急に現金が必要になったことから、素絵の夫の佐野を訪ねて借金を申し込んだ。すると佐野は『自宅に百万円の現金を置いているので、空き巣に入ってそれを盗め。あしたの妻は同窓会出席で、午後五時から十時ごろまでは不在だ。勝手口から侵入しろ。台所流し台の下のすり鉢に現金を入れている』といって、勝手口の鍵を貸してくれた。高松は、当日午後九時少し前に佐野家の勝手口から鍵を使って侵入した。持参した懐中電灯を使って流し台の下を開けた。そこへ、背中側の戸が開くと同時に電灯が点《つ》き、『だれなの』と悲鳴のような声がかかった。同窓会に出ていて不在のはずの佐野の妻は奥の部屋で縫《ぬ》い物をしていたのだ。高松と佐野の妻は面識があった。彼女は高松の名を思い出せなかったのか、『あなたは』と声を震わせた。流し台の下のドアには包丁が二丁か三丁差し込まれていた。それを目にした高松は一丁を抜いた。彼女は悲鳴を上げた。『だれか』と叫んだ。後ずさりしてわめいた。高松はにぎった包丁で彼女の何か所かを刺した。すり鉢のなかには現金が新聞紙に包まれていた。それをポケットに突っ込み、持っていたライターで障子やふすまに火をつけて、勝手口から外へ飛び出した。包丁をにぎっているのに気付いて、勝手口だったか、道路に出てから投げ捨てた。

次の日の新聞には、強盗は主婦を刺し殺して放火したあと、通りがかりの若い女性の首を切って犀川に突き落として殺した。主婦も若い女性も同じ刃物で刺されたり切られたことが傷口で判明したとあった。

高松は現金を盗んで逃げた。以後、佐野とは一切連絡を取らなかった。当時の警察での事情聴取では、主婦の夫である佐野清人は、妻を殺した犯人についてはまったく心あたりがないといっているとなっていた。自宅にしまい込んでいた百万円については、以前、友人に貸していたのを返してもらった金だと話していた。

主婦を殺し、家に放火して出てきたところをたまたま通りかかり、そのために災難に遭ったのは神谷由佳利といって二十三歳だった。高松は、包丁は外へ出てから投げ捨てたような気がするが、そこで出会った若い女性に包丁を向けた憶えはない。佐野家を飛び出た直後、一人か二人の通行人を見たのは憶えているが、知り合いではなかったはず、と供述したのだという。

県警本部の幹部がなぜ高松が出頭して供述したことの報道を控えろといったのかというと、佐野清人が勤務していた愛生会《あいせいかい》病院には、警察関係者が何人も受診したり入院していた。理事長や院長は警察とは深い縁があった。

一方、北雪新聞が供述を報道しないという条件をのんだのは、愛生会病院は大事な広告主であったからだ。

佐野素絵を殺した犯人の高松文典は、彼女の夫の佐野清人とは同じ土地の出身で親しい間柄だった。

だから高松は気軽に、急にまとまった額の金が必要になったので貸してもらいたいと佐野に頼んだようだ。佐野は承知した。だが、現金を手渡したのではなかった。自宅の台所にしまい込んであるので、妻の不在の時間に勝手口から入って、現金を持っていけといった。つまり空き巣狙《ねら》いを実行しろといったのだ。おかしいのは、妻の素絵は同窓会に出席して不在だといったのに、自宅で縫い物をしていた点だ。警察は高松の供述通りかを確かめるために、事件当夜、同窓会が行われたかを彼女の学校の同級生にあたった。その結果、同窓会は次の週であることが分かった。とすると佐野は、素絵が自宅にいるのを知っていて、高松に空き巣狙いをやれといったことになる。勝手口の鍵も貸した。空き巣狙いということにはならない。もしかしたら佐野と素絵のあいだにはひび割れが生じていたのではないか。素絵は、佐野と結婚する前に、べつの男性と同棲していた期間があった。その男と関係をきれいに清算していなかったようだ。そういう経緯から佐野と素絵には、揉《も》め事があったとも考えられる。

「佐野清人は、高松文典に、素絵を殺させたんじゃないかな」

茶屋は、図書館のパソコン画面に映し出された関係記事を見ながら夏見に話し掛けた。

「えっ。じゃ、高松という人は、佐野の罠《わな》にかかった……」

「そう。謀略だったんだ。百万円で妻を殺させたんだと思う」

「高松は、十五年ものあいだ、いろんな土地を転々として息をひそめていた。自分の罪は時効になったけど、やっていない犯罪まで濡れ衣を着せられているのが悔しかったので、名乗り出たんですね」

「佐野は、素絵を殺した犯人に心あたりはないといっていたし、十五年後、高松が名乗り出てからも、高松のことを知らない男といい張っているらしい。富永記者はこの点を怪しいとみたので、佐野や高松の背景を詳しくさぐっていたんじゃないかな」

「有森さんは……」

「神谷由佳利さんを殺した犯人は、高松文典じゃないと知ったはずだ」

「高松の供述は、信用されたんですね」

「警察は慎重に判断して、発表しただろうね」

午後一時をすぎた。いったん外へ出て昼食にしようといったところへ、ハルマキからメールが届いた。彼女には珍しいことで、有森の作品を読んでいるが、そのうちの一篇「冬《ふゆ》蛍《ほたる》」の梗概《こうがい》だという。

書き出し＝［北海道中央部のT市には、一三キロにおよぶ直線道路が市を南北に貫《つらぬ》いている。市と同じ名の川をまたぐと、道路は川に沿って東へ遡上《そじょう》する。その川沿いを突如《とつじょ》、猛吹雪が襲い、車も歩行者も凍ったように動けなくなった。渦《うず》巻く真っ白い世界は、人の世とは思えない、たけり叫ぶけものの群のように鳴っていた］

ハルマキのメールは、そこでいったん切れ、五分後につづきが届いた。

［夫の勤め先へ、自宅にいる妻から電話が。「刃物を持った強盗が入ってきて、お金を盗られました」と。夫は自宅へ駆けつけた。妻はひたいから血を流して壁に寄りかかっていた。真冬なのに服の裾《すそ》は膝の上までめくれて、床に白い脚が伸びていた。それを見た夫の頭には血がのぼって、めまいさえもよおした。夫は台所へ走って、包丁をにぎると、妻の胸と下腹部を刺し、包丁を畳に突き刺して、勤め先へもどった。夜、夫は帰宅すると警察

に電話した。警察は強盗殺人とみて捜査をはじめた」

ハルマキのメールを茶屋は夏見に読ませた。彼女は、読んだことのない小説だといった。

「有森さんは小説に、吹雪の場面をよく書いてるね」

茶屋は、比布出身の月島登志子の話を思い出した。猛吹雪に遭って動けなくなっている有森は、たまたま通りがかりの人に発見され、彼女の実家である恩田家へかつぎ込まれ、命びろいしたという話である。

茶屋も一度、北海道の平野部で猛吹雪に出合った経験がある。車を運転していたのだが、吹雪で前方が見えなくなった車がとまっていた。その車を追い越そうとした拍子《ひようし》にハンドル操作をあやまって、雪の壁に突っ込んでしまった。ドアは開かなくなった。後続のトラック運転手がそれを見ていたらしく、雪を除いてくれた。車を捨てて付近の家へ避難しろといわれた。ドアを開けられなくなった車のなかにいるのは危険だったのだ。

3

昼食を摂《と》ってから、再度図書館で、四十九年前の犀川沿いで発生した殺人と放火事件の記事をほかの新聞でさがして読んだ。どの新聞も、佐野素絵を刺したり切ったりした刃物と、神谷由佳利を傷つけた凶器は同一物と書いていた。

事件発生から十五年経過した三十四年前、佐野素絵を殺害し、佐野家の台所から現金百万円を奪って逃走した犯人の男が名乗り出たという記事を見つけた。警察は犯人の男に疑いをかけていたが、居所をつかめなかったのである。

高松（新聞記事は仮名）は、佐野素絵を同家にあった包丁で刺したあと、現金を盗み、放火したことを供述したが、報道されていた神谷由佳利を切りつけたり、川に突き落としたりはしていないと語っているという。だが、素絵が受けている傷と由佳利が負った傷は、同じ刃物によるとみられていた。高松は、佐野家に放火して勝手口から逃げ出した直後に、包丁を捨てたような気がするといっている。

高松と由佳利は接触したことがなさそうだった。たまたま通りかかった家から煙が出ていたし、男が飛び出してきたので、大声を上げた。犯人は顔を見られたので、とっさに手にしていた包丁で彼女を切りつけ、そのうえ川へ突き落としたと、捜査当局はみていた。それなのに出頭した高松は、素絵を刺しただけだといっているとなっていた。

事件発生当日、由佳利は有森竜祐と夕食を一緒に摂っている。二人が別れた時刻から推して、彼女が事件現場にさしかかったのと、佐野家が燃えはじめたのが同じころだった。したがって飛び出てきた犯人の高松を目撃したことはまちがいなさそうだ。高松は、捨てようとしていた包丁を、由佳利に向けたというほうが納得できるのである。

茶屋のポケットに電話の合図があった。

「茶屋先生は、いま、夏見さんと一緒ですよね？」

牧村だ。なにを知りたいのか。

「ああ」

「どこで、なにをしているんです？」

「図書館。あんたこそ、どこにいるんだ？」

「久しぶりの兼六園」

「観光か。独《ひと》りじゃないだろ？」

「お見通しですね。桐香ちゃんと、園内をひとめぐりして、霞《かすみ》ケ池の岸辺の徽軫《ことじ》灯籠を入れて、記念写真を撮ったところ。これから時雨《しぐれ》亭でひと休みして、金沢21世紀美術館へ……」

「結構なご身分だ」

勝手にどこへでも、といってやりたかった。

「私は忙しい。夕方、ホテルで」

牧村は、金沢でもう一泊して、あすの朝の新幹線で帰るのだという。直接会社へ出勤して、編集部員には茶屋とともに金沢市内を駆けまわっていたとでもいうのだろう。

茶屋は、入院中の富永ひろ子に電話した。彼女は、病室にいるかぎり電話に応じられるといっていた。

「あなたは、高松文典の住所をご存じだったでしょうね？」

「十年ほど前は、七尾市にいました。その後、移転しているかもしれません。どこへ移転しても、警察はそこをつかんでいるはずです」

高松は健在なら七十六歳だと、富永は強調するようないいかたをした。

有森への年賀状のなかに住所が同じ七尾市の人がいた。麦山美佐希《むぎやまみさき》という名だ。女性だと思うがどうかと、茶屋は夏見に訊いた。

「きっと女性です。その方、ペンのきれいな字で、『今年は雪の日が多くなりそう』と書いてありましたね」

そうだった。その人の年賀状を茶屋も憶えているし、住所をメモしている。七尾市和倉《わくら》温泉だ。

富永は、七尾市へ高松文典を訪ねているような気がする。彼は人を殺して、放火して、金を盗んだ犯人だ。犯行後十五年間、息を殺していくつもの土地を転々とした人間だ。はたして訪ねてきた新聞記者に会ったかどうかは怪しい。会ったとしても記者の質問に応えただろうか。

茶屋はひとりで、市内片町の神谷敏郎《としろう》という人を自宅に訪ねた。四十九年前、犀川沿いで刃物により首を切られたあと、川に突き落とされて殺された由佳利の兄である。彼は飲食店を得意先にする食品材料を扱う小規模な会社を経営していた。倉庫を兼ねているような事務所は住まいの隣だった。

七十五歳だという神谷は、この場所に三代住んでいるのだといった。

思い出したくないことでしょうが、と茶屋は前置きして由佳利が被《こうむ》った事件の話に触れた。

「あの日のことは、よく憶えています」

神谷はなにかを見通すようにメガネのつるに手をあてた。

夜遅くなっても、十一時前にはかならず帰宅していた由佳利が帰ってこなかった。電話もなかったので、母は落着きがなくなり、家を出たり入ったりした。日付が変わった。母は、胸騒ぎがするといいはじめた。その日の由佳利は有森と夕食をするのを母に話していた。それで、彼に会えば由佳利の行き先が分かりそうだということになった。神谷は母親を車に乗せて、寺町の有森の自宅を訪ねた。有森は風呂から上がったところだった。由佳利とは午後九時少しすぎに片町の食堂を出て、五、六分歩いたところで別れた。彼にはこの近くの取引先に立ち寄る用事があったからだ。彼は取引先に寄って、犀川大橋を渡って帰宅したという。つまり午後九時十五分ごろ以降の由佳利の行動は知らない。彼女は川沿いを歩いて、自宅へ向かったものと思い込んでいたと答えた。神谷は警察に届けようといったが、三人で話し合い、もう少し待ってみようということになった。

夜が明けた。神谷も両親も一睡もしなかった。有森から会社に行くと連絡があった。その直後、警察の車がとまり警官が、『神谷由佳利さんはいますか』と訊いた。由佳利は昨夜、帰宅しなかったことを神谷が話した。警官は姿勢を正すと、信じられないことを話した。犀川の新橋近くで若い女性が遺体で発見された。着衣のポケットに氏名が記入された歯科医院の診察券が入っていたといわれた。

神谷は父と一緒に、新橋のすぐ近くへ駆けつけた。

遺体は由佳利だった。歩き慣れた道路から川に転落することは考えられなかった。由佳利は、金沢中署へ運ばれ、検視を受けた。母と妹もそこに来た。首に刃物で切られた傷があることが分かった。

新橋の約四〇〇メートル上流右岸沿い道路で血だまりが見つかった。そこの一二、三メートルはなれた地点では昨夜、火災が発生し、一戸建ての佐野家が半焼した。その焼跡から女性の遺体が発見され、同家の主婦であることが分かった。主婦は、顔、首、下半身を刃物で刺されており、直接の死因は火災による焼死。これらのことから何者かが同家に侵入、主婦を刃物で刺したあと、放火して逃げたものと警察は判断した。しかし、近くに血だまりがあり、その後の検査で血だまりは下流で発見された神谷由佳利のものと分かった。このことから、主婦を刺して家に火をつけて出てきた犯人が、歩いてきた由佳利に姿を見られたので、主婦を刺した刃物で彼女の首を切ったものという見立てをした……

「殺人放火事件の時効後、犯人が名乗り出たのを、ご存じでしょうか？」

茶屋が神谷に訊いた。

「それも憶えています。えーと、名乗り出た男はなんていう名だったか」

神谷は髪がうすくなった頭に手をやった。

「高松文典です」

「そうでした」

「高松という男は、主婦の佐野素絵さん殺しと放火は、自分の犯行だと自供しましたが、由佳利さんに手をかけたのは自分ではないといったそうです」

「そうでしたね。有森さんも、その点は怪しいといっていました」

「有森さんは、その事件を洗い直すように、独自に調べていたんじゃないでしょうか」

「彼にはもう何年も会っていませんが、高松という男が名乗り出たあと、彼のいうことがほんとうなら、由佳利を殺した犯人をさがし出さなくてはなんていっていたことがありました。……彼は東京へいってから小説家になって、私たちをびっくりさせました。彼の本を何冊か読みましたが、ああいう才能があったのは知りませんでした。由佳利はそれを知っていたかどうか……」

茶屋は、有森が行方不明になっていることを話し、どう思うかと訊いた。

「有森さんには、娘さんが二人いて。一人は金沢にいますよ」

その人には昨日会ったといった。娘も有森の消息を知らなかった。

「有森さんには、お姉さんが一人いますが、ご存じですか？」

「昭子さんですね。何度か会ったことがあります。由佳利の通夜と葬儀の日、『お手伝いをさせて』といってきたんです。彼女は一度も黒い服を着ないで、ずっとこの家の台所を手伝っていて、出棺の直前に焼香しました。私の母は、台所でかいがいしくはたらく昭子さんを、じっと見ていました。結婚して、小樽で暮らしていると、有森さんに聞いたことがありました」

現在は、金沢の養老ホームに入っているというと、何十年も前のことを思い出してか、しばらく天井を仰《あお》いでいた。

4

七尾市の和倉温泉へは、金沢から特急［能登かがり火］でおよそ一時間だった。

高松文典は、六、七年前まで、和倉温泉のホテル俵屋《たわらや》で雑用係として働いていたが、雪の日に転倒して腰の骨を痛めたのを機に退職した。勤めているあいだはホテル従業員の宿舎に住んでいたが、退職とともに転居していた。茶屋はホテルの事務社員に訊いたが、彼の転居先も現住所も分からないといわれた。しかし彼は、四十九年前、金沢市の佐野素絵を殺し、家屋に放火したと十五年後に名乗り出、それ以来、警察から住民登録を怠《おこた》らないようにと、厳重にいい渡されているはずだ。犯行後、十五年以上逃げまわっていた人間だったからでもある。

茶屋は、有森と年賀状を交《か》わしていた麦山美佐希という人を訪ねた。その人の家は、超高級といわれて全国にその名を広めた旅館の近くだった。小さな門を入ったところに一メートルほどの丈《たけ》の南天《なんてん》が植えられていた。玄関を開けた人は、夏見がいったとおり女性で、五十歳ぐらい。長身面長《おもなが》で目鼻立ちのくっきりした美人である。

茶屋は名刺を渡して職業を名乗り、有森竜祐の行方をさがしていると話した。

「行方をさがしていらっしゃる……」

彼女は茶屋の名刺を見直してつぶやいたが、話を聞きたいので上がってくださいといって、スリッパをそろえた。

地味で簡素な調度の応接間があった。床には羊の模様を織り込んだ絨毯《じゅうたん》が敷かれていた。彼女の歯切れのいいもののいいかたから、職業は教師か警察官ではないかと想像したのだがあたっていなかった。彼女はホテル俵屋の副支配人だった。きょうはたまたま休みだったという。

「麦山さんは有森さんとは、どういうお知り合いですか？」

「三十年以上前のことですが、有森さんはホテル俵屋に何日か滞在なさっていました。わたしの家と、俵屋を経営している家とは親戚で、わたしが俵屋へ就職して間もなくでした。フロントの見習いをしている期間で、お客さまの有森さんとお知り合いになったんです」

有森はすでに作家になっていて、複数の雑誌に長編小説を連載し、短編も発表していた。麦山美佐希は初めて有森竜祐を知り、彼にいわれて、文芸雑誌を買って彼の小説を読んだ。有森は小説を書くために和倉温泉に滞在しているものと思っていたが、まったく別の目的があって何日間か連泊していたのを、二度目にホテル俵屋へきたときに知った。

彼は、俵屋で雑用係をしている高松文典に会いにきたのだった。ホテルの幹部と一部の従業員は、高松の昔の犯行を知っていた。彼は宿泊客や取引業者とは一切接触のない作業に就いていた。彼は独身で、一日の仕事が終わると、ホテルのまかないの夕食を持って宿舎のアパートへ帰っていた。夕食がすんだころを見はからって、有森が彼を訪ねていた。なんのために毎夜、高松を訪ねているのかを知らなかったが、十年ほど前に俵屋へやってきた有森が、初めて美佐希に高松に会いにきていた目的を語った。

「高松さんに会う目的は、なんでしたか？」

茶屋は、細い鼻筋の美佐希の顔に訊いた。

「茶屋さんは、かつて高松さんが起こした事件をご存じですね?」

「四十九年前の犀川沿いの事件でしたら」

「そうです。その事件について有森さんは高松さんに、訊きたいことがいくつもあるということでした。ところが高松さんは、有森さんが訊きたいことを話さないようでした。有森さんは諦めずに、何度もおいでになって、高松さんに会っていました」

「高松さんから、納得のいく答えを引き出すことができたんでしょうか?」

「それはどうなのか分かりません。有森さんはわたしに、なにを訊いたのかを話してはくれませんでしたので」

有森がなにを知りたくて和倉温泉に通ってきていたのかは茶屋には想像がついている。由佳利を殺したのが高松でないなら、真犯人はだれなのかを突きとめたいのだ。

重大事件を起こした高松は、十五年ものあいだ息を殺すようにして隠れていた人間だ。彼の告白を知ってあらわれた有森に、そうやすやすと、なぜ主婦を殺してしまったかを語るわけがなかった。

「高松さんは、佐野清人という友人から、自宅にしまい込んでいる現金があるので、空き巣狙いに化けて、その現金を盗めと教えられたということでした。有森さんは、佐野という人のことも高松さんに訊いているでしょうね」

どうでしょうか、というふうに美佐希は首をかしげ、高松に会ってみたらどうかといった。和倉温泉を去った高松は現在、観音崎《かんのんざき》の近くに住んでいるといって、その住所を教えてくれた。

殺人を告白した高松が県内の旅館に勤め、現在も県内に居住しているのは、麦山美佐希の父親が保護司だったから。彼は、地方更生保護委員会から委嘱《いしょく》され、犯罪者の更生にあたる役目から、高松を俵屋へ就職させたのだった。

観音崎は七尾市の北東端で富山湾の波に洗われている。七尾駅から約一二キロで、能登島とのあいだは小口瀬戸《こぐちせと》という。岬には灯台があり、キャンプ場や海水浴場もある。能登半島国定公園の一部で、東海岸は能登・立山シーサイドラインと呼ばれ、富山湾越しに立山連峰を見とおすことができ、とくに冬の北アルプスの眺望は圧巻だといわれている。

麦山美佐希は、高松の現住所へ物を届けにいったことがあったので知っているといって、ホテルの便箋《びんせん》に地図を描いてくれた。車かと訊かれたので、タクシーでいくつもりだと答えた。

「それならすぐに分かります。その付近は風光明媚《めいび》です。ぜひ景色もご覧になっていらしてください」

高松の住まいには［浜口《はまぐち》］という小さな表札が出ている。それは一緒に住んでいる女性の名字だといった。

和倉温泉で拾ったタクシーは、七尾南湾を左側に見せてから山あいに入った。ひと雨去ったあとで、道路は濡れて黒く見えた。十分ばかり走ると富山湾があらわれた。海岸沿いを真《ま》っ直《す》ぐ北へすすむのだという。この半島にも何か所か温泉があると運転手がいった。うす陽が車のなかへ差し込んだ。変わりやすい天候がここの特徴だと運転手はいうと、右手を指差した。波静かな青い海の先に貼り絵のような山脈の一部が浮きはじめると、舞台の幕が開いたように連山が広がった。連山には白い斑点があった。残雪だった。

ひねくれ者のように幹の曲がった丈の低いマツの木の横の、古びた壁の家の軒下に浜口という表札が張りついていた。付近には何軒か家があるが、人影はまったくない。タクシーの運転手は客の帰りの足を心配した。一時間後に近くにとまっていてもらうことにした。

軒下で声を掛けたが応答がないので、その家の裏側へまわった。三、四〇メートル先は海である。茶屋は海を向いて深呼吸した。竹竿を何本も立てた畑のなかで、黒い影のように人が動いていた。

「浜口さんのお宅の方でしょうか?」

しゃがんでいた男は立ち上がった。帽子の庇《ひさし》に手をやると、茶屋の正体を推しはかるような目つきをしてから、

「そうですが」

と、答えた。

陽焼け顔は土色で、皺が目鼻を囲んでいる。

茶屋は男に一歩近寄った。

「高松文典さんですか？」

「はい」

高松だと答えた男の目は、暗闇を透《す》かして見るように光っていた。この男は逃亡生活のあいだ、洞穴《ほらあな》のなかから光のあたる外界を、注意深くうかがっていたのではないか。

「私は、ある人の行方をさがして金沢へきて、金沢であなたのことを聞いて、和倉温泉の麦山さんにこちらを教えられました」

名刺を渡そうとすると、男は指についた土をタオルで拭《ぬぐ》った。

「茶屋次郎さん。どこかで聞いたことがあるような……」

「ものを書いていますので、どこかで名前がお目に触れたのかも」

「そうだ。病院で見た週刊誌に。そうだ、あなたの写真も載っていました。北海道の川の名が付いた本もあったので、それも読みました」

高松は、茶屋の名刺を迷彩色のような柄のシャツのポケットに入れると、畑から出てきた。軒下には海とはるか彼方《かなた》の立山連峰を眺めるために置かれたような、粗末なベンチがあった。茶屋と高松はそれに並んで腰掛けた。

「病院で本を読んだといわれましたが、どこか具合でも？」

「腰の骨にヒビがいって、息をするにも痛くて。……俵屋には長いあいだ面倒を見てもらいました」

正式な夫婦ではないが、一緒に暮らしている女性はいまも俵屋の調理場で働いているのだという。

「茶屋さんは、ある人の行方をさがしているといわれましたが、だれを？」

「小説家の有森竜祐さんです」

高松は、雲の動きで見えたり隠れたりする連山を向いているが、有森の名を聞いたとたんにその横顔は凍ったような色をした。

「有森さんには、何回かお会いになっていますね？」

「俵屋にいるとき、会いにきましたので」

「有森さんの目的は、なんでしたか？」

「私のやったことを責めにきたんですが、何度か会ううち、私のいうことを信用してくれたようです」

「聞きたくないことでしょうが、はっきりいいます。有森さんは、あなたが佐野素絵さんと神谷由佳利さんを殺したんじゃないかと、追及したんでしょ？」

「警察もそうでしたが、有森さんも、そう思い込んでいたようでした。だが、私は、神谷さんを知らないし、佐野の家を飛び出してからは、だれにも手を掛けてはいないんです。そのことを私は有森さんに何度も話して、納得してもらえたと思います。有森さんは私のいったことに納得しても、神谷さんを殺《や》った者がだれかは分からないので、彼女を殺った犯人を絶対に見つけ出すといいました。私は、知っているかぎりのことは、協力するといいました」

「あなたと佐野清人さんは、同郷だそうですね？」

「ええ」

「同じ県内ですか？」

「鶴来町《つるぎまち》の生まれです」

高松は少し間をおいて答えた。

「鶴来町というと、手取川がありますね」

「よく知っておいでですね」

「金沢に比較的近いので」

高松は一瞬、自分の出生地へも調べにいったのではないかと疑ったようだ。

佐野とは郷里にいるころからの知り合いなのかと訊くと、金沢で出会って、出生地が同じ町だったと知ってから親交がはじまったという。

高松は二十歳のころ、近江町市場の鮮魚店に勤めていた。そこへ魚を買いにきた客の一人が佐野清人だった。当時佐野は医学生で高松より二つ上ということが分かった。佐野は医師になり、問題の事件当時は金沢市内の愛生会病院に勤めていた。整形外科医である。気の合った二人は月に一度は飲食をともにしていた。佐野は、いずれ整形外科医院を開業するつもりだといった。高松も小売店を近江町市場に持つ夢を語っていた。

「高松さんは、佐野さんの奥さんに会ったことがあったんですね？」

「佐野が結婚する少し前、一緒に食事をしたことがありました。佐野よりいくつか歳上だが、顔立ちのいい人だと、会ったときそう思いました。あとで週刊誌に、佐野を知る前に結婚していたことがあったと載っていましたし、佐野についてもそれまでの女性関係が書かれていました」

「高松さんは、事件を起こしたあと、金沢にはいなかったようですが？」

「ええ、遠方へ。……金沢からはなるべく遠くへはなれたかったものですから」

「北海道へ行っていましたか？」

「いきました」

短くて半年、長くても三年いて移動したという。

「旭川にいたことがありますか？」

「あります。初め二年ばかりいて、べつの土地へ移って、またもどって、三年ぐらい住んでいました」

「旭川の近くに比布という町がありますが、ご存じですか？」

「いったことも住んだこともありませんが、町の名を聞いたことはありました」

有森は比布町で猛吹雪に遭い命びろいした経験がある。それを高松に話したかと訊いたが、知らないといった。

5

事件後、十五年と数十日経って高松は、佐野素絵を殺して家に火をつけたのは自分だと名乗り出たのだが、その後、佐野に会っているか、と茶屋は訊いた。

「いいえ」

高松は首を振った。

「佐野さんは、奥さんを殺した犯人については、心あたりはないといいつづけていたようです」

「知っています。彼は、あの日、奥さんが家にいるのを知っていたにちがいない。私が侵入すれば、なにか問題か騒動が起きるのを承知していたんです」

「あなたは名乗り出てから、佐野さんに勝手口の鍵を渡されたことを、警察に話しましたね」

「話しました。彼とは近江町市場で出会ってから友人関係になったことも、素絵さんを交えて食事したことも話しました」

「あなたからみたら、佐野さんは危険な人では？」

「そうですね。奥さんが家にいるのを知りながら、私に空き巣狙いをやらせた人間ですし」

「……ほんとうに台所にしまわれていたのは、百万円でしたか？」

「どういうわけか、九十万円でした」

佐野は、あらかじめ利息分を除いていたのではないか。

「佐野さんは、あなたのこの住所を知っているでしょうね」

どうだろうかというふうに、高松は海の向こうへ視線を投げる表情をした。海面の一か所が黒くなっている。そこにだけ雨が降っているのかもしれない。

茶屋は、高松文典の犯罪を追及するためにここへやってきたのではない。有森の行方をさがすためだ。有森がなぜいなくなり、いまどこでなにをしているのかを知りたい。

「有森さんは、私と同い歳ぐらいですね」

高松は、海を向いたままつぶやいた。有森の顔や姿を思い浮かべているのではないか。もしかしたら彼が書いた小説を何篇かは読んでいるのではなかろうか。

「有森さんは病院で検査を受けたとき、もしもがんだったら、二年ぐらいしか生きていられないと思ったんじゃないでしょうか。さいわいがんでないことが分かったけど、いつなにがあってもおかしくない年齢域に達したので、どうしても気のすまないことを、やりとげたいと決心なさったんだと思います」

「それは……」

「神谷由佳利さんを殺した犯人を捕まえることでは」

高松は、警察でも有森でもいいから、一日も早く由佳利殺しの犯人を挙げてもらいたいと希《ねが》っているにちがいなかった。そうしないと、彼が殺ったのではという疑惑が晴れないからだ。

「高松さんは、佐野さんを疑ったことはありませんか？」

「佐野を……」

「佐野さんは、あなたと素絵さんが屋内でなんらかのトラブルを起こすのを予測していた。素絵さんを殺したうえ放火までとは考えなかったかもしれないが、重大な事態が起こるのを予想、期待といい換えてもいい。それでそっと自宅へ近づいた」

「私と素絵さんのトラブルを見届けるためにですか？」

「いいえ。あなたの後始末をするためにです。あなたに空き巣狙いをはたらかせたのは佐野さんです。あなたには空き巣だといったが、家には素絵さんがいるのを承知のうえだったから。……佐野さんは、勝手口あたりで屋内のようすをうかがっていたのかも。そうしたら、屋内に火がついて、あなたは勝手口から出てきた。包丁を手にしていた。それを目にすれば屋内でどんなことが起こったかは呑み込めたはずです。あなたは物陰に佐野さんが隠れているなんて知らないので、包丁を捨てて逃げていった。そこを神谷由佳利さんが通りかかった。あなたを見た由佳利さんは悲鳴を上げた。煙も見えたからです。あなたの後始末をするつもりだった佐野さんは、あなたが捨てた包丁を拾うと、道路で叫んでいる由佳利さんの首を切りつけ、川へ突き落として、逃げた。すべてあなたがやったことにしたかった」

「佐野は、私をはめたかったかもしれないが、茶屋さんのその推測は外れています」

高松は、皺の寄った黒い顔を向けた。「私があの家を飛び出したころ、佐野は勤め先の病院で医師同士の会議にのぞんでいたということです。警察がそれを確かめています。事件現場を検《み》た警察官は、いま茶屋さんがいわれたのと同じようなことを、想像したでしょうね」

彼はまた海のほうへ目をやった。海面の一か所の黒い斑《ふ》はいつの間にか消えていた。

「佐野さんの消息はご存じですか？」

「二十年以上前に愛生会病院を辞めて、金沢市内で整形外科クリニックを開業したということです。たぶんスポンサーをつかんだんでしょうね。クリニックはたいそう繁盛《はんじよう》しているという話です」

繁盛ぶりは有森から聞いたのだという。いまもそうかは分からないが、佐野はすでに現役を退《しりぞ》いているのではないだろうか。

立山にうす陽があたったのか、連山が色を変えた。

「佐野さんは、素絵さんを殺して放火した犯人には心あたりがないといったり、高松さんのことを、知らない人だと、ずいぶん思いきったことをいったものですね」

「私は佐野のことを、真面目《まじめ》な医者だと思っていましたが……」

「あなたが、佐野さんに借金を申し込んだのは、事件の何日か前だったでしょうね」

「一日前でした。近江町市場のある店の権利が百五十万円で買えるという話を耳に入れたので、それを確かめました。まちがいない話だったが、私には五十万円ぐらいしか蓄《たくわ》えがなかった。どうしようか考えているうち佐野を思いついた。ダメモトのつもりで電話で事情をいったら、返せるあてがあるんなら貸してもいいっていってくれました。そのときはありがたいって思いました。佐野は手渡しで貸してくれるのかと思っていましたら、自宅の台所にしまってあるといってから、素絵はあした同窓会に出席するので、そのスキに勝手口から入って、現金を持っていけっていったんです」

「勝手口の鍵は？」

「私が、病院へいって、彼の手から」

高松は、そのときのことをよく憶えているようだった。佐野もその日を記憶しているだろう。二人とも、事件を思い出すことがしばしばあって、苦い水を飲んだ気分になるにちがいない。

茶屋は、七尾駅へもどるタクシーのなかから麦山美佐希に電話し、高松文典に会えたことを伝えた。

「話を聞くことができましたか？」

「はい。高松さんには、もう隠すことはないようで、事件の経緯を語ってくれました」

しかし、有森の消息についての情報は持っていなかったと茶屋はいった。

金沢のホテルにもどると、ラウンジでコーヒーをオーダーした。まわりを見渡したが夏見の姿はなかった。彼女はきょうも図書館だ。きょうは有森の作品を、紙の本で読みたいといっていた。

サヨコが電話をよこした。板橋区の月島という女性から電話があったという。比布町出身の月島登志子だ。電話があったことだけ伝えてほしいといわれたという。

茶屋はすぐに月島登志子に掛けた。

「きのう、わたしの家で兄に会いました」

実家にいる彼女の兄は、比布の学校で同級生だった人の祝賀会に出席するために上京したのだという。

「祝賀会とおっしゃると、その方はなにかの功績で表彰でも？」

「有名な会社の社長に就任なさったんです。比布町出身者として名誉なことですので、町長さんも一緒にパーティーに出席なさったそうです」

祝賀パーティーは皇居が見えるホテルであったという。馴れない場所と人混みのなかで酒を飲んだ兄は、赤い顔をして彼女の家へやってきて、登志子と久しぶりに深夜まで語り合ったようだ。

登志子は、有森竜祐の話を持ち出した。旅行作家の茶屋次郎が訪れて、有森の消息について訊かれたといったのだ。

彼女の兄は、吹雪の日にかつぎ込まれた有森を憶えていて、『有森さんは、あのときのあと、何年かしてたしか二度、うちへ立ち寄ってくれたし、何年か後に小説家になって、自分が書いた本を送ってくれた。そのあとだが、比布か旭川かへは、何度かきているらしく、有森さんを見掛けた人が何人かいるんだ。うちには寄らないが、比布付近には用事があったらしく、何度もきているんじゃないかな』といったという。

何度もきているが、そのたびに恩田家へ立ち寄ってはいなかった。比布周辺へ何度もいっているというのが事実なら、有森の用事はいったいなんだろう。

有森の消息が不明のままだと、いずれ茶屋は比布町の恩田家を訪ねることになりそうな気がした。

観音崎の自宅で会った高松文典のようすと、彼が語ったことを、北雪新聞の富永に話すことを思い立った。富永は、事件時効後、高松が名乗り出たあと、犀川の近くで起こった事件と、高松の自供を裏付ける取材をした記者である。彼女は高松を、どうみているかも知りたかった。

入院患者の夕食がそろそろ終わるころだろうと見当をつけて、病院へと向かった。

五章　川の状景

1

長い廊下には食器を載せたワゴンが二台とまっていた。水色の制服を着た女性職員が病室から食器を回収しているのだった。

富永ひろ子は、病室の隅《すみ》で歯みがきをしていた。きょうはピンク地に細い縞の通ったパジャマだ。

体調を尋ねると、食欲がなくて、食事を半分ばかり残したといった。

「あしたはまた検査をしていただくことになっています。十日から二週間は退院できそうもありません」

彼女はそういうと、茶屋に椅子をすすめてから、水をまずそうに飲んだ。

茶屋は、高松文典の住居の環境と、彼が事件について語ったことを話した。

「何年も前ですが、有森さんからも高松のことをうかがいました。有森さんも、高松の犯行は主婦殺しと放火で、神谷由佳利さん殺しの犯人はべつにいる、といっていました」

二十代と思われる看護師が、薬を持ってやってきた。富永は、白とオレンジ色の錠剤を水で服《の》んだ。

「高松が名乗り出て、何か月かあとですが、有森さん以外に二人、佐野素絵さんと神谷由佳利さんが殺された事件を調べていた人がいます。その二人以外にもあの事件の真相を調べていた人がいたかもしれませんが、当社の同僚が氏名を把握《はあく》していたのは二人でした」

彼女は、サイドテーブルの引き出しからノートを取り出した。ベージュの表紙にシミがついている。彼女が取材に使っているものにちがいない。

一人は、住吉英彦《すみよしひでひこ》、住所は金沢市下谷町《しもだにまち》。一人は、北畑市男《きたはたいちお》、住所は東京都品川区平塚《ひらつか》。

「二人の職業はなんでしょうか？」

「フリーライターだったということですが、経歴や実績などは分かっていません」

「二人は、有森さんの知り合いではないでしょうか？」

「考えられますね。三人は連絡を取り合っていたかも。あるいは、有森さんの依頼で動いていたということも」

住吉英彦と北畑市男が、なんのために、どんな動きかたをしたかを北雪新聞はつかんでいないという。

茶屋は病院を出ると、七尾市の高松文典に電話した。直接会って話したときよりも、空を渡ってくる声はしわがれていた。

何十年も前のことだろうが、住吉と北畑という男の訪問を受けた記憶があるか、と訊いた。

「名前は憶えていません。どういう方でしょうか？」

「フリーライターということで、二人とも、神谷由佳利さん殺しの犯人を見つけようとしていたんじゃないかと思います」

「そういう人が訪ねてきたことはありましたが、私は、有森さん以外の人にはなにを訊かれても答えませんでした」

高松は、警察では話したが、それ以外の人には話したくないとつっぱねたようだ。彼は、初めは有森にも話さなかったのだが、何回も会ううち有森の熱意に根負けして、憶えていることを詳しく話した。犀川で発見された由佳利は、有森の恋人だったからだ。高松は由佳利を殺した犯人を恨んでいる。自分と同じように名乗り出てほしいと希《ねが》っているのである。

ホテルにもどった。夏見がロビーの椅子で新聞を読んでいた。彼女は茶屋と一緒に食事をしようと待っていたようだ。二人はホテルを出て、片町の居酒屋へ入った。観光客らしい人のいない店である。

ビールを一口飲むと、夏見は意外なことをいった。

「いったん図書館へいきましたけど、ふと思いついて、さの美容整形クリニックへいってきました」

「さの美容整形というと、あの佐野がやっている……」

「そうです。佐野清人が開業した医院です。現在の名称にしたのは二十年ぐらい前だそうで、普通のクリニックとは、雰囲気がまったくちがいます」

現在のさの美容整形クリニックは、金沢市役所のすぐ近くで、四階建てのビル。ビルは同クリニックの所有だという。

「あんたは、クリニックへ入ってみたんだね？」

「患者のつもりになって。受付からして、医療機関の造りではありません。高級を売りものにした美容院といったほうがあたっています。受付は三十歳ぐらいのきれいな女性です。評判を聞いてきましたといったら、二週間先でないと診察できないといわれました。名前や住所を記入する用紙を出されましたけど、出直してくるといって出てきました」

「市役所のすぐ近くとは、市内の一等地では」

「目の前が金沢21世紀美術館でした」

「四階建てのビルというと、佐野清人はそこに住んでいるんだね？」

「いえ、オーナーの住所は東山三丁目です」

夏見は、さの美容整形クリニックの外観と雰囲気をさぐってから図書館へもどって、北雪新聞社発行の年鑑を開いたのだという。十年前に発行された年鑑の［各界人名簿］に佐野清人が載っていて、住所が記載されていた。

夏見は、佐野清人の住所も見てきたという。

「東山というと、ひがし茶屋街があるが」

「それは一丁目です。そことはだいぶはなれていて、一〇〇メートルぐらい南が浅野川です」

佐野の自宅は、レンガをはめ込んだような塀のなかの二階建て。屋根瓦《がわら》がブルーで、そこだけが付近で異質な感じがしたと夏見はいった。彼女は佐野清人に注目しはじめたようだ。四十九年前、そのころの自宅にしまい込んでいた現金を、友人の間柄だった高松に空き巣狙いをしろといった人間だ。自宅に妻がいるのを知りながら、高松には、妻は不在だと教えて、勝手口から入るようにと鍵をあずけた。現金を盗みに入った高松と妻が、なんらかの騒動を起こすのを見越していたにちがいない。

妻は高松を見知っていた。高松は妻を殺すかもしれないと佐野は想像しただろうか。

事件発生後、佐野素絵を殺害して放火したのは、高松文典ではと疑われたが、佐野は高松を知らないと警察に答えたらしい。事件から十五年が経過して、時効となって捜査は打ち切られた。高松は金沢をはなれて、その日がくるのを指折り数えて待っていた。

高松は警察に出頭した。彼は、素絵を殺害し放火しただけなら、犯行を告白せずに生涯を終えるつもりだったかもしれない。が、身に覚えのない殺人の疑いを着せられたままだった。神谷由佳利殺しである。

高松が出頭すると、警察は、佐野清人を呼ぶか、訪ねるかして、高松の供述内容を話しただろう。それに対しても佐野は、高松のことを知らない男と述《の》べたようだ。

佐野清人には商才があったのだろう。病院の勤務医だった彼は、独立して整形外科クリニックを開業し、のち美容整形クリニックを市内一等地に出した。新聞記事に影響されないよう名前も変えて、ビルも建て、女性の美意識を駆り立てるような事業を展開しているようだ。

「殺人を犯したり、家に火をつけたりした人に同情するのはおかしいでしょうけど、高松さんは佐野に利用されて、一生を棒に振った気の毒な人です」

夏見は箸を置くと口元をとがらせた。

「佐野は、いまも診療にあたっているのだろうか？」

「どうでしょう。スタッフは何人もいるようです」

「家族は？」

夏見は、自宅を見ただけで、近所の家にはあたらなかったという。

佐野清人は、四十九年前に妻を失ったが、その後、結婚したような気がする。一戸建ての立派な家を持っているのは、家族がいるからではないか。


お茶漬けを頼んだところへ、牧村が電話をよこした。

「ケータイやスマホが出まわってからは、相手がどこにいるのか分からない。茶屋先生はまさか、東京へ帰ってきてるんじゃないでしょうね？」

「疑っているのか？」

「ええ。信用できませんので」

「残念ながら、まだ金沢だ。怪しいと思ったら、この店の電話番号を教えるので、掛け直してみてくれ」

「この店って、どこですか？」

「香林坊の居酒屋」

「そこで、なにをしてるんですか？」

「あんた、酔ってるな。居酒屋にいるっていうのに、なにをっていうことはないだろう。あんたはいま、歌舞伎町のチャーチルだろ」

「よくお分かりです」

「きのうの昼間は芸妓の桐香ちゃん、今夜は……」

「先生」

急に牧村は目が覚めたのか、口調を変えた。

「そろそろ、名川シリーズ・金沢の原稿を書きはじめてください。先生は、観光旅行をしてるんじゃないんですよ。居酒屋でもバーでもかまいませんが、酒はほどほどにして、夜は原稿書きに専念してください。……いつまで居酒屋にいるの。……ああ、眠い」

ふわあーと、あくびの音を聞かせて電話は切れた。あざみの太腿《ふともも》へ倒れたのではないか。

牧村は、夏見の存在を忘れているのか、一言も口にしなかった。茶屋が金沢へくることになったきっかけは、有森竜祐の行方さがしである。有森は金沢で少年期と青年期をすごしているし、娘の一人と姉がいる。茶屋は金沢へきて知ったことだが、有森は、いずれ伴《はん》侶《りょ》となるだろうと思われていた人を、思いもかけない事件で失っていた。その事件には、いまもいくつかの謎が残ったままになっている。

2

タクシーはひたすら浅野川をさかのぼった。市街地を通り抜けて十分ほど走ると、浅野川はくねくねと蛇行《だこう》するようになった。川幅はせまくなった。岸辺に丈の高い草が生い茂っている場所もあった。

茶屋は、きのう富永記者に聞いた住吉英彦という人を訪ねるつもりだ。タクシー運転手に住吉の住所である下谷町へいきたいというと、そこは湯涌温泉への道筋だといわれた。

「湯涌温泉は、金沢の奥座敷で、老舗《しにせ》旅館もあって静かなところです。昔、竹久夢二《たけひさゆめじ》が恋人の彦乃《ひこの》と逗留《とうりゅう》した宿もありますし、夢二の記念館もあります。露天風呂に浸《つか》って、畳の部屋で寝《やす》みたいお客さんには好まれます」

国道は浅野川を何度もまたいだ。三十分ほどで下谷町の標識のあるところに着いたが、町の範囲は広いといわれた。運転手は何度も車を降りて、住吉という家を尋ねてくれた。付近に着いてから約三十分経って、住吉家をさがしあてた。そこは浅野川に架かる「湯涌のぞみ橋」の五〇〇メートルばかり下流沿いだった。農家風の古い平屋である。庭に茶色の犬がいた。人に会いたがっていたらしく、さかんに尾を振った。

髪が白い猫背の女性が出てきた。七十歳見当だ。

「住吉英彦さんのお宅ですね？」

そういった茶屋を、女性は小さな目でじっと見てから、

「英彦は、おりません」

いいかたは鋭かった。

「英彦さんにお会いしたいのです。どちらにお住まいですか？」

女性はまた、まばたきを忘れたような目つきをすると、

「ずっと前に、亡くなりました」

彼女は板の間に膝をついた。

「ご病気でしたか？」

「川で。……川で見つかりましたが……」

なにかをつづけていいたそうだったが、茶屋の顔を見上げて口を閉じた。

茶屋は、職業を名乗ると上がり口へ腰掛け、ここを訪ねた目的を話した。

彼女は、駒子《こまこ》という名で、英彦の姉だった。

英彦は浅野川で発見されたというが、そのときのようすを聞きたいといった。

英彦が死亡したのは三十三年前で、彼は三十三歳だったという。

「金沢の大学に通っていましたが、三年生のときに病気をして、長く休んだのをきっかけに大学をやめました。病気が治ると、東京へいって、食糧関係の新聞社へ入りました。年に一度は帰ってきましたが、新聞社を辞めて、新聞や雑誌に記事を書く仕事をしていました。それだけでは食べていけないといって、ここへ帰ってきました」

そのころは両親がいたが、英彦が二十八歳の年に両親とも相次いで病死した。その前に駒子は夫を婿《むこ》養子に迎えたのだが、勤労意欲のない男で、たびたび欠勤するために、勤め

先を解雇された。べつの勤務先を見つけたが、勤めかたがルーズだったことから、そこもクビになった。駒子は男の子を産んだ。その子が小学生のころ、駒子と夫にはいさかいが絶えなくなり、離婚に踏み切った。

英彦のほうは、取材と称して出掛けると、一週間ぐらい帰ってこないことも珍しくなかった。二、三か月おきに、『少ないけど食費だよ』といって駒子の手に現金を渡していた。駒子は、英彦がなにを取材し、どんなことをどの媒体に載せているのかも知らなかった。

三十三年前の師走《しわす》のある朝、警官がやってきた。英彦に似た男の遺体が浅野川で見つかったので、一緒に現場へいってもらいたいといわれた。英彦は、二晩帰宅していなかった。

石河原で仰向いていた遺体の男は、紛《まぎ》れもなく英彦だった。発見された地点は、自宅近くの浅野川より約四〇〇メートル下流の西市瀬町《にしいちのせまち》。たまたま現場近くを通りかかった人が英彦を知っていたので、通報で駆けつけた警官に、『住吉の息子だと思う』と告げたということだった。

英彦の胸と背中には硬い物があたった痕《あと》があったが、川に転落して、流されるあいだに岩や木に衝突して生じたものとみられ、事故死ということにされた。

駒子は納得できず、叔父《おじ》に相談してみたが、警察がそうみたのだからと、駒子の不審はしりぞけられた。

英彦は、ごくたまに酒を飲むことがあったが、それは人に誘われての食事のときだった。遺体は解剖されなかったので、前夜、飲酒していたかは不明であり、特殊な薬物の吸飲などの習慣はなかった。浅野川へ転落したのは湯涌のぞみ橋付近だろうといわれたが、その地点が特定されたわけではない。駒子は、『弟は、たとえ月の出ていない夜でも、あやまって川に落ちることは考えられない』と警察でいったが、取り上げてもらえなかった。

英彦が死んで二か月ほど後の雪の舞う日、東京の有森竜祐という人が訪れた。小説家だとその人はいったが、駒子は名を知らなかったし縁のない職業だった。

「有森さんは、どんなことを話していましたか?」

茶屋は、肩を縮めているような駒子に訊いた。

「有森さんは、仏壇に供える花と、いい香りのするお線香をくださいました。それから、英彦には金沢と東京で会ったことがあったということでした。英彦がなぜ小説家の方と会っていたのかというと、有森さんは、英彦が調べていることが参考になるので、何度か話を聞いたのだとおっしゃいました」

「英彦さんが調べていたこととは、なんだったんでしょうか?」

「わたしには分かりません。有森さんのおっしゃったことが気になったものですから、英彦が遺《のこ》したノートを何冊か見ていただきました。有森さんは、ざっと目を通しただけのようでした」

「英彦さんは亡くなられたとき、お名前や住所の分かる物を身につけてはいなかったんですね？」

「いつもコンパクトカメラを持ち歩いていましたし、ノートや本を、黒いショルダーバッグに入れていました。そういう物は見つからなかったと警察でいわれました。そのこともわたしは、有森さんにお話ししました。有森さんは、わたしのいうことを、熱心に聞いていらっしゃいました」

「有森さんが、こちらを訪ねたのは、そのときだけですか？」

駒子はうなずいた。有森以外に訪ねてきた人はいなかったかを訊いたが、彼女は首を横に振った。

いつの間にか、犬が玄関のたたきに入ってきていた。遊んでくれる人がいないので退屈だったようだ。

有森は、住吉英彦の死亡に疑問を持ったので、駒子に会いにきたような気がする。

北雪新聞社の富永の話だと、有森のほかに犀川沿い事件の真相を調べていたらしい人が、住吉と、東京の北畑市男だったという。

犀川沿い事件は、発生後十五年あまり経って、主婦の佐野素絵を殺し、家に放火し、その家の台所にしまわれていた現金九十万円を奪ったのは自分だといって、高松文典が名乗り出た。警察は彼の供述を裏付けようとした。それによってあらたに謎が生まれた。佐野家のすぐ近くで首を切りつけたあと、犀川に突き落とした神谷由佳利殺しの犯人が挙がっていない。それがだれだったのかも不明のままである。

警察は、佐野素絵と神谷由佳利殺しの犯人を、同一人の犯行とにらんでいたのだが、犯行を告白した高松の供述から、由佳利殺しは別人ということになった。

由佳利の恋人だった有森も、警察と同じ見方をしていた。だから彼は出頭した高松に何度も会いにゆき、彼以外に由佳利殺し犯が存在していることを確信した。

有森以外にこの事件を追いかけている男が、少なくとも二人いた。住吉英彦と北畑市男。

富永の話だと、二人はフリーライターだったという。

茶屋は、住吉英彦が遺体で発見された現場の浅野川を見下ろして、合掌《がっしょう》した。両岸には雑草が生い茂り、流れの速いところと淀《よど》んでいる個所がいくつもあった。地形に起伏があるのだろう。川を左手に見て、野鳥のさえずりを聞きながら岸辺をさかのぼり、湯涌のぞみ橋を右岸へ渡った。警察は、住吉を事故死として処理したが、川に転落した地点を特定できなかったようだ。歩行者があやまって転落しそうな場所がないからだろう。

県道へ出たところで、夏見に電話した。彼女はけさの新幹線で帰宅するといっていた。そろそろ東京に着くころか、それとも都内の電車内か。

「あ、先生。お疲れさまです」

晴れやかな声である。有森の行方を気にかけて金沢へいったが、彼の足取りはひとつもつかめなかった。金沢での思いがけない出来事といったら、牧村に誘われて、ひがし茶屋街で芸妓の唄と踊りを見ながら食事をしたことだろう。けさは吐息をつきながら列車に乗ったのではと思ったが、

「わたし、いま善光寺《ぜんこうじ》への参道なんです」

長野で降りたのだ。「ずっと前から善光寺さんだけはお参りしたいって思っていたんです。先生は、いまどこですか？」

茶屋は、なんの変哲もない川沿いを歩いてきたところだが、意外なことを知って、暗い迷路を手さぐりしている感じだといった。

「わたしこれから、善光寺さんに手を合わせて、有森さんに早く会えますように、早く会えなくても、無事でありますようにって、お祈りしてきます」

彼女は、きょうじゅうには帰宅するつもりだといった。

「あすでも、あさってでもいいが、確認してもらいたいことがあります」

「わたしができることでしたら」

品川区平塚に北畑市男が住んでいたが、現在も居住しているか、職業はなにかを確かめてほしいといった。住吉と北畑のことは、昨夜食事しながら話したので、夏見は、二人が

フリーライターで、四十九年前の犀川沿い事件を取材していたのを知っている。

3

住吉英彦が死亡したのは、高松文典が犀川沿い事件の犯行を名乗り出た一年後であった。住吉は明らかに異状死で、地元新聞はそれを記事にした。だが、彼が高松の供述に関心を持ち、神谷由佳利を殺害した犯人さがしをしていた人間だったのを、新聞社は気付かなかったようだ。入院中の病室で茶屋の話を聞いた富永ひろ子は、

「住吉英彦は、消された……」

とつぶやいた。「もう一人の北畑市男は、いまどうしているでしょう?」

彼女は病気を忘れて、新聞記者の顔になっていた。

「あしたにも、東京の住所で確かめることにしています」

茶屋は富永に、佐野清人に関心を持ったことがあるかと尋ねた。

「わたしはいまでも、関心を持っています。彼は、前の奥さんの素絵さんを事件で失った五年ぐらいあとに、現在の奥さんと再婚しました。三十四、五歳のときです。素絵さんはいくつか歳上でしたけど、再婚相手は十歳ほど若い人でした」

富永は、サイドテーブルの引き出しからノートを取り出した。佐野が再婚したのは山根《やまね》

詩帆《しほ》といって、大学教授の娘。

愛生会病院医師の佐野との交際が、二人の周辺から知られるようになり、やがて彼女の両親の耳にも噂が届いた。両親は佐野に結婚の前歴があるだけでなく、妻が殺害されたことや、その妻の結婚前の風評などを気にかけ、佐野との交際を解消するようにと説得していた。だが、詩帆は妊娠した。このことも世間の知るところとなった。二人は一年ばかり一緒に暮らしたあと、正式な夫婦を世間に宣言した。すでに男の子を抱えていたのである。

佐野は、愛生会病院を退職すると金沢市の中心街のビルに整形外科医院を開業した。数年後、金沢市役所のすぐ近くにビルを建て、さの美容整形クリニックを開設した。富山の製薬会社のオーナーがスポンサーであることが、医療関係者に知れ渡った。

クリニックの現在の院長は息子で、佐野の肩書きは理事長だという。

「奥さんはクリニックの理事で、美容アドバイザーとして活躍中です。去年、食品業界のパーティー会場で見掛けましたけど、とても六十八歳には見えませんでした」

五十歳といっても信じられそうだと、富永はうらやましげないいかたをした。

きょうは、早めの夕食をすませてホテルにもどると原稿用紙に向かった。浅野川の浅瀬で一人の職人が友禅流しをしている。その川面を、岸辺で散ったサクラの花びらが流れていくさまを書いたところへ、ハルマキが電話をよこした。

「先生、いつ帰ってこれるんですか？」

腹をすかせているような声だ。

「あしたになってみないと分からない。元気がなさそうだが、どうしたんだ？」

「お昼をつくっても、サヨコと二人じゃ、張り合いがなくて。……先生はきょう、なにを食べましたか？」

「近江町市場の食堂で、どじょうの蒲焼《かばや》き」

「どじょうって、鍋じゃないんですか」

「開いて、串刺しにして。金沢の人はこれをよく食べるらしい」

ハルマキは、「原稿がんばって」といってから、

「あ、いうの忘れてました。きょう読んだ有森さんの短篇に、面白い場面がありました。……金沢では春秋の彼岸《ひがん》の中日の深夜、新しい下着を着けて、浅野川の七つの橋を、黙って渡りきると重い病気にならないし、下《しも》の病気にもかかりにくいっていうならわしがあるんですって」

茶屋は彼女のいったことを書きとめた。そのならわしを地元の人に確かめてみようと思った。

次の日。正午きっかりに夏見から電話があった。いくぶん興奮しているようであり早口だ。

「品川区平塚の北畑市男さんの奥さんに会ってきました」

北畑の妻は年配のはずだ。「北畑さんは、三十年以上前に、金沢で亡くなったといわれました」

「金沢で、死んだ。……事故？」

「あやまって川に落ちて、心臓麻痺《まひ》を起こしたのが死因らしいといわれたけれど、納得できなかったといっています」

北畑市男の妻智恵《ちえ》は六十三歳。息子が二人いて、所帯を持って近所に住んでいる。智恵は三年前まで都内の印刷会社に勤めていた。退職後は趣味で絵を描いて、同好の人と絵画展を催したこともあるという。

夫の市男はフリーライターで、山岳や旅の情報誌に紀行文や取材記事を載せていた。三十二年前の三月、取材旅行に出掛けた翌日、所轄署の警官がやってきて、金沢市の川で北畑市男の名刺を何枚も持っている人が遺体で発見された、と現地の警察から連絡がきたといわれた。遺体の特徴が市男に似ていたので、彼の仕事関係の出版社の人と一緒に金沢へいった。

浅野川に架かる天神《てんじん》橋と梅ノ橋の中間の中洲で発見されたという遺体は、紛れもなく市男だった。警察署で、市男がどんな目的で金沢へきたのかを訊かれたが、智恵は、『取材旅行だといって出掛けた』としか答えられなかった。それまでも市男は、各地へ出掛けていたが、その行き先も目的も彼女は詳しく知らなかった。彼はたまに訪ねた土地のみやげを持ってきた。それを見て、北国へいっていたのか、南のほうから帰ったのかを知ったのだった。彼が金沢のどこでだれに会ったかが分かるものは見つからなかった。ジャケットの内ポケットの名刺入れによって身元照会がかなったが、携行していたはずの鞄もノートもカメラも見つからなかった。

遺体の何か所かに外傷が認められた。川に落ちて流される間に負った傷らしい、と警察でいわれた。警官の一人には、『自殺は考えられませんか』と訊かれた。智恵は首を横に振った。彼の収入は不安定だったが、彼女は子どもを抱えながらも堅実な会社勤めをしていられたので、家計はまず安定していた。

彼がどこで川に落ちたのかの特定はできなかった。市男には飲酒習慣があったかを訊かれた。彼が酒に強いことは、金沢へ同行した出版社社員の話で分かったが、自宅ではめったに飲まなかった。市男は、川岸や橋の上から三月の川に飛び込んだにちがいないが、はたして自分の意思であったかは不明。死因は明らかに溺死とされ、智恵は納得のいかないまま、初めていった金沢から夫の遺体を引き取って帰った……。

茶屋は、富永に電話した。

「北畑も……」

富永は絶句した。

犀川沿いの殺人と放火を、事件発生から十五年後に高松文典が名乗り出たあと、有森竜祐、住吉英彦、北畑市男は、この事件を振り返って調べていた。なぜかというと、高松は、佐野素絵を包丁で刺したあと家に火をつけると、凶器の包丁を外へ捨てて逃げたのであり、翌朝、犀川で発見された神谷由佳利を手に掛けてはいないと供述したからだ。それが事実なら、由佳利殺しの犯人はべつにいることになる。

有森は、結婚を考えていた由佳利を殺されたのだから、草の根を分けても犯人をさがしあてると自分に誓ったのだろう。

三人が情報交換をしていた可能性があるし、由佳利殺害犯を追跡していたことはまちがいなさそうだ。

住吉は三十三年前の十二月、北畑はその翌年の三月に同じような死にかたをしていた。しかも同じ浅野川でだ。金沢の北雪新聞は当然、二件の不審死を記事にしたが、十年以上も前の犀川沿い事件を追跡していた人とは気付かなかったようだ。

富永との電話を終えるとすぐ、また電話が鳴った。

「先生はいま外ですか？」

夏見が電話でいった。

茶屋はホテルにいるが、図書館へいって三十二年前の新聞記事を読むつもりでいた。

「いま、品川区の図書館で、北畑市男さんが遺体で発見された新聞記事を見つけました」

彼女はそれをファックスで送るといった。

彼はホテルの事務室で送られてきた記事を受け取った。

初めの一報は、浅野川に架かる天神橋の約一五〇メートル下流で、三十代から四十代とみられる遺体が発見されたとあり、翌日は、遺体は東京都品川区の北畑市男（35）であることが家族によって確認された。死因は溺死だが、自殺なのか事件に巻き込まれたかは調査中となっていた。

夏見によると、警察もマスコミも北畑の死亡に関心を持たなかったらしく、新聞に続報は載っていないという。


北畑智恵の自宅に電話した。夏見に番号を聞いたのだ。

「茶屋次郎さんとおっしゃいますと、本をたくさん出していらっしゃる方では」

智恵は六十代とは思えない若わかしい声で応えた。

北畑は金沢で、五十年ほど前に発生した事件に関連したことを調べていたことが考えられるのだが、彼が書いたものや写真は遺っていないだろうかと訊いた。

「段ボールに入れたまま置いてあります。夫が亡くなったあと、ノートを何冊かめくってみましたけど、わたしには意味が分からないことばかりでした。家を建て替えることになっていますので、夫のものは処分しようと思っていたところです」

それを聞いて茶屋は、帰り支度《じたく》をはじめた。

これから北陸新幹線の「かがやき」に乗ることができれば、午後七時すぎには東京に着く。

4

北畑智恵は、電話で聞いた声と同じで実年齢よりいくつも若く見えた。

「きのう金沢にいらしたのに、もう」

彼女は丸い目をしてから、茶屋を座敷に通した。ケヤキの古いタンスが据《す》えられ、壁にはこれも年代物の時計が掛けてあったが、振り子は動いていなかった。一か月後にはこの家を取り壊して新しい家に建て替えることにしているのだという。

部屋の隅に段ボール箱が二つ重ねられていた。納戸に押し込まれていた北畑市男の遺品だった。

「どうぞご自由にご覧になってください」

智恵はお茶をいれるといって部屋を出ていった。

変色した段ボールの蓋《ふた》は張りがなくぶよぶよになっていた。箱の中身は、ポケットノート、キャンパスノート、それから二百字詰めの原稿用紙にペン書きされた原稿だった。行間に朱が入った部分もあった。原稿は北畑が書いたものだろうが、クセのある読みづらい文字だ。出版社や週刊誌名の入った封筒が何枚も重ねられ、紐《ひも》でしばってあった。何年も前に廃刊になった週刊誌のものもある。封筒の表書きはすべて北畑市男だ。彼には採用されなかった原稿もあっただろう。封筒の束は、彼の経歴なのではないか。

智恵は、座卓にお茶を置くと、茶屋がやっていることをじっと見ていた。

「取材だといって、しょっちゅう出掛けていましたけど、有森竜祐さんのお話では、北畑はずっと前に金沢で起こった殺人事件についての疑問点を調べていたそうです」

「有森さんは、こちらへおいでになったんですね?」

「茶屋さんと同じで、北畑が使っていたノートなんかをご覧になっていました。……わたしは、北畑には仕事のことを詳しく聞いたことはありませんでしたので、金沢へいった目的も知りません。ですけど、あやまって川に落ちて死んだなんて、信じられませんでした。だれかに突き落とされたのではって警察でいいましたら、『心あたりがあるんですね』って訊かれました。わたしが思うに警察は、初めから過失致死とみていたようなんです。過失だとしても、川に落ちた場所か、川のなかから、鞄なんかが見つかりそうなものです」

　彼女は当時を思い出してか、悔しそうないいかたをした。

「北畑さんが遺されたものを見た有森さんは、どんなことをいっていましたか？」

「北畑が、金沢で起こった事件を調べていたとおっしゃっただけだったと思います。有森さんとどんな話をしたのかも、もう憶えていません」

　彼女はしばらく、振り子の動いていない柱時計のあたりを見上げていたが、有森は、北畑のノートを一冊借りていくと断わって持っていったのを思い出したといった。ノートには有森の気を惹《ひ》くことが書かれていたにちがいない。

　智恵が有森と会ったのは、北畑の死亡後、何か月かしてからだったようだ。その後、有森からは連絡があったかを訊くと、

「三、四年前までは年賀状をいただいていました。わたしは返事のつもりで、正月に書いた年賀状を差し上げていました。どうなさったのか有森さんからは年賀状がこなくなりましたので、わたしも差し上げていません」

　有森は、北畑の遺品のなかからノートを借りていったというが、それを読んでも参考になることは書かれていなかったのか。借りたノートを返却していないとすると、いまもそれを持っていることが考えられる。それとも、借りたことを忘れてしまったのか。

茶屋は夏見に「手がすいたら電話を」とメールした。有給休暇を使いつくした彼女は、きょうから会社に出勤している。

五、六分後に、「メールをいただきましたが」と、彼女は電話で事務的ないいかたをした。

有森は北畑市男のノートを借りていったので、ずっと持っていた可能性があるということ、彼女は、帰宅したらすぐにさがしてみるといった。

夏見は午後七時すぎに返事の電話をよこした。夜の勤めの梅もとを辞めるつもりなのか、それともしばらく休むことにしているのか。

有森の書斎からは、他人のものと思われるノートは見つからなかったと彼女はいってから、

「ちょっと気になるものを見つけました」

と、ひそめるような声をした。

なにか、と訊くと、小さな鍵だという。

「長さは二センチぐらいの光った鍵ですけど、それには金色と赤の糸を縒《よ》り合わせた細い紐が付いているんです。なんだか大切なものをしまっていた、引き出しとか箱とか……」

「有森さんのデスクの引き出しのではないんですね?」

「デスクとサイドテーブルには鍵穴がありますけど、施錠されていませんし、引き出しの

なかに鍵が入っています。紐の付いた鍵が合う引き出しはありません」

茶屋は紐の付いたその鍵を見たくなった。それをいうと夏見は、茶屋の事務所へ持っていこうかといった。

彼が彼女を訪ねることにした。タクシーを拾えば十五分ほどで着ける距離である。

電柱の住居表示が渋谷区から中野区に変わったのを見て、車内から夏見に電話した。彼女は、青い縞もようのコンビニの前に立っているといった。彼からの電話を部屋で待っているのではなかった。

彼女は、男物のような裾の長い白いシャツにジーパン姿で、茶屋が乗ってきたタクシーを見ると手を挙げた。

コンビニの隅には、ＡＴＭの並びにテーブルと椅子があった。店内には雑誌の表紙を見つめている客が一人いるだけだった。

夏見はそこを使いつけているらしく、紙カップにコーヒーを注いで、茶屋と向かい合った。

彼女は、白い紙を折ってそのなかへ鍵を入れてきたのだった。むき出しのままポケットに入れてこないところが、気遣いとやさしみだ。

彼女が茶屋の掌にのせた鍵は光っていた。小さいが重量感があり、根元には［辰］という字が刻まれている。それは鏨《たがね》で彫ったもの。金と赤の紐は絹糸を縫ったものだ。

「これは、既製品の家具の鍵じゃない」

どこかにこの鍵が差し入れられるのを待っている錠の穴が存在しているはずだ。

「有森さんは、あんたと一緒になるについて、それまで住んでいた家を処分したということでしたね」

「一軒屋だったといっていました」

「いまのところへ持ってきた家具は?」

「仕事用のデスクと、サイドテーブルと、引き出しがいくつもついたタンスっていうのか、棚っていうのかです。その棚には鍵穴はありません」

茶屋は、小樽にいる有森の長女の竹田未保を思い出したので、電話を掛け、有森が家を処分したさい、家具類はどうしたのかを知っているかと訊いた。

「そういうものを扱う業者に引き取ってもらったんじゃないでしょうか」

彼女は、母が大切にしていた和服を送ってもらったが、そのほかのものについては知らないといってから、

「たしか理名が、父が書斎で使っていた机だったかを送ってもらったといったことがありました。とてもいいものだといっていましたので、理名はいまも持っているんじゃないでしょうか」

茶屋は、金沢の杉本理名に電話した。彼女は香林坊で、ひさごやという九谷焼や漆器、

加賀友禅をあしらった和装品の店をやっている。

「わたしは、父のお気に入りだったテーブルを送ってもらいました」

「それには、鍵のかかる引き出しが付いていますか？」

「引き出しが三つあって、いちばん下は鍵がかけられます。父が信州松本の職人さんに頼んであつらえたもので、鏡板には黒柿《くろがき》の木目が浮き出ています」

彼女は思いつくと、それを乾拭《からぶ》きしているという。

「その引き出し用の鍵は付いていましたか？」

「鍵は……」

彼女は、黒柿の木目のテーブルを頭に浮かべているようだったが、

「思い出しました。父は施錠したまま送ってよこしたので、あとで小さい鍵を送ってくれました。……あ、そうそう。父は引き出しのなかにしまっていたものを忘れていたんです。鍵が届いたので引き出しを開けました。そのなかは書きかけの原稿のようなものや、メモや、ノートでした」

「ノート。……ノートをご覧になりましたか？」

「パラパラっと、めくって見たような気がしますけど」

「なにかが書いてあったでしょうね？」

「あったような気がします」

「それは、お父さんの字だったでしょうか？」

「そうだったと思いますけど……」

自信なさげだ。彼女はノートのページを丹念にめくって見たわけではないらしい。理名は有森に、引き出しに入っていたもののことを電話で話した。すると彼は、そのままにしておいてもらいたいといったという。

「では、引き出しにノートは入ったままになっているんですね？」

茶屋は念を押した。

「あります。鍵を差し込んだままにしています」

茶屋は、夏見が持ってきた鍵をスマホで撮って、理名に送った。

理名が返事をよこした。彼女の自宅に眠っている鍵に付いている紐は、金と紫だという。

「たしかに［辰］の字の刻印がありますので、同じ引き出しの鍵だと思います」

茶屋は近日中に金沢へいくので、引き出しのなかのものはそのままにしておいてもらいたいといった。

今夜の理名は帰宅すると、父親から贈られたテーブルの引き出しの中身を見直しそうだ。彼女は、茶屋がそれに関心を抱いたことをあらためて考えるにちがいない。

茶屋は、金と赤の紐を付けた鍵を、白い紙に包み直すとポケットにしまった。

有森の次女の理名には、近日中にふたたび金沢へいくといっておいたが、有森が使っていたテーブルの引き出しにはノートが入っていたのを知ると、茶屋は居ても立ってもいられなくなった。

5

きょうから七月だ。北陸新幹線の乗客もワイシャツや、半袖シャツの服装が多くなっている。

茶屋はキャンパスノートを膝に置いて、ゆうべ書くつもりだった原稿を書いた。それを今夜は金沢のホテルで原稿用紙に書き写すつもりである。

長野をすぎたところで目を瞑った。富山に到着するというアナウンスが聴こえた。乗客の一割ぐらいが席を立った。金沢には定刻の十三時に到着した。

金沢駅の東口を出た人は木組み構造の巨大な門に迎えられる。これは［鼓門《つづみもん》］と呼ばれ、邦楽の鼓のかたちをイメージしているのだという。そしてアルミ合金とガラスのもてなしドームをくぐる。六月初めには、加賀藩祖の前田利家が金沢発展の礎《いしずえ》を築いた偉業をたたえる金沢百万石まつりが催された場所でもある。茶屋が一度は見たいと思っているのは、一万人あまりの踊りの列が夜の街を埋めつくすという百万石踊り流しだ。

杉本理名の自宅は、浅野川に近い京町だった。茶屋はけさ、列車に乗る前に彼女に電話した。きのうは、近日中に金沢へいくといったのに、きょうの午後訪ねることにしたので、彼女は、

「まあ、お忙しいのですね」

といった。

彼女には、父親の有森が、四十九年も前に起きた殺人事件を追及しようとしているのではないかという実感はないのだろう。父親の行方不明については気を揉んでいるだろうが、さがす手段がないので、情報を待っているだけのようだ。

彼女の自宅は、付近では平均的な造りの二階屋である。夫は市内の自動車販売会社に勤務しているという。夫婦には子どもがいない。彼女の生き甲斐《がい》は香林坊のひさごやの運営のようだ。

「あれなんです」

細身の綿パンツの彼女は、ソファのある部屋の隅を指差した。

高さが七〇センチほどの黒っぽい色のサイドテーブルだ。丁寧に漆《うるし》を塗って仕上げたものであることがその艶《つや》にあらわれていた。電話で理名がいったとおり鏡板には黒柿の木目が墨《すみ》で描いたような縞をつくっている。引き出しは三つあって、いちばん下に鍵が付いていた。金と紫の編み紐を付けた鍵を差し込んだままにしているのは、それがインテリアデ

ザインだからだ。床には九谷焼の花びんが置かれていた。たぶんテーブルに載っていたものだろう。

「引き出しのなかは、父が送ってよこしたときのままです」

理名がテーブルを向いていった。

茶屋は床に膝をついた。引き出しの深さは一〇センチぐらいだ。

二百字詰めの原稿用紙に走り書きしたようなやや乱暴な字が並んでいた。思いついたことをメモして放り込んでおいたらしいそれは二十枚ほどだった。キャンパスノートが一冊あった。新聞の切り抜きが一〇ページほどに貼ってあった。それの下にポケットノートより少しサイズの大きい黒表紙のノートが隠れていた。

「原稿用紙とキャンパスノートのメモは、父の字です」

黒表紙のノートのメモは他人の筆跡だという。彼女はあらためて文字を見たのだ。そこにボールペンとエンピツで書かれている字はクセがあって読みづらい。

茶屋は、引き出しのなかのものをソファの前のテーブルに移した。じっくり観察する必要があるからだ。

原稿用紙に走り書きされたメモと、キャンパスノートに貼ってある新聞記事の切り抜きには共通した点があった。医学に関することで、「寒冷アレルギー＝寒冷蕁麻疹《じんましん》」「温熱アレルギーに、親和醗酵《はっこう》のメレック５㎎が効いた」「ひとたび、重傷の怪我とか臓器手術を受けたからだは、どんな治療をしても、完全に元のからだにはもどらない」「アスペルガー症候群」などの記述と、医事紛争に関連した新聞記事にかぎられていた。

作家である有森は、ある時期、医事紛争に興味を持ったか、小説の題材にしていたのだろう。

黒表紙のノートの記述をじっくり観察した。

理名は、お茶を出したり、部屋を何度か出入りした。店には仕事があって、それが気がかりなのではないかと気付いたので、ノートを借りていくというと、

「いいえ。夕方までは暇《ひま》ですので、お気遣いなく」

といって、いれてきた紅茶を悠然と飲んでいた。

ノートに書かれているのは地名と簡単な地図だった。人名らしい文字もあった。地名をいくつか拾ううち、それは青森県から北海道だということが分かった。

[野辺地《のへじ》、五所川原《ごしょがわら》、函館、釧路、旭川、美瑛《びえい》、士別《しべつ》]

このノートは北畑市男の遺品ではないだろうか。有森は北畑の死後、彼の妻智恵に会いにいき、遺品のなかからこのノートを見つけて注目した。地名と書いた本人しか分からないような地図は、北畑がたどって歩いた足跡にちがいないと判断した。有森は北畑の行動をある程度知っていたのだろう。二人は会って話したこともあったにちがいない。

有森は、智恵に断わって借りたノートの記述のなかから関心のあることを自分のノート

に書き写した。目的を達したので、北畑のノートを返却することもしまい込んだことも忘れていたのではないか。

茶屋は、ノートの旭川と、美瑛と、士別の文字をスマホで撮り、「見覚えのある文字では」とコメントを付けて、北畑智恵のスマホに送信した。

十分ばかりすると智恵が電話をよこした。

「送ってくださったのは北畑の字です。茶屋さんはなにをご覧になられたのですか?」

「何年も前に、有森さんが北畑さんのノートを借りていきましたね。たぶんそのノートと思われるのを見つけたんです」

ノートをどこで見つけたのか、と智恵は訊いたので、金沢にいる彼の娘の家にあったのだと答えた。

「茶屋さんのお役に立つといいですね」

彼女は、夫のノートを返してほしいとはいわなかった。

「大事なものだったんですね」

理名はノートを手に取り、父親のものだと思い込んでいたといって、ページをめくった。彼女はノートの一か所をじっと見て、金沢市内の町名ではないだろうかといった。それは菊川《きくがわ》と泉野町《いずみのまち》。いずれにも地番が入っていた。

彼女は金沢市の地図を広げた。菊川は犀川の北側で泉野町は反対に南側である。

茶屋は金沢市内の町名が書かれていると理名にいわれたので、あらためてノートのページを繰った。ペンの色が異なっているページを見て、どきりとした。

［佐野素絵＝大工町《だいくまち》］［神谷由佳利＝片町］と書かれていた。

四十九年前の同じ日のほぼ同時刻に死亡した女性の名である。このノートは、犀川沿いの事件を調べるために北畑市男が持ち歩いていたものだったにちがいない。事件発生から十五年あまり経過して、高松文典が佐野素絵殺しと放火を名乗り出た。それを知った北畑は、神谷由佳利殺しの犯人を追跡することにした。その過程で使われていたのがこのノートだろう。彼は、高松の出頭の翌々年の春に浅野川で遺体で発見された。鞄を持っていたはずだ。そのなかには取材ノートやカメラも入っていただろう。いま、茶屋と理名が目にしているノートは、北畑が使い終わったものだった。自宅に置かれていたので遺品となり、やがて同じ事件を調べていた有森の手に渡ったので、生き残っていた。

茶屋は、北畑のノートに記されていた菊川の地番をさがしあてた。犀川と犀川大通の中間の住宅地だった。該当地番にはマンションが建っていた。すぐ近くに白い看板の酒店があったので声を掛けると、厚い地の前掛けをした主人が出てきた。

茶屋はマンションを指差して、いつごろできたのかを訊いた。

「二十年にはなりますが、なにか？」

「マンションが建つ前は、一般の住宅でしたか？」

「マンションの家主の家があったんです」

家主はマンションを建てるために近くへ自宅を新築して移ったのだという。それは小堀《こぼり》という家で、付近に土地や何軒かの家作を所有しているのだと教えられた。

小堀家は高い木塀に囲まれていた。門には太字の表札が出ていた。いかにも資産家といった構えの住宅で威厳がある。

インターホンに呼び掛けると、「くぐり戸が開いていますので、そこからどうぞ」と女性の声がいった。いわれたとおり門の横のくぐり戸を首から入った。予想してはいたが、やはり犬がいた。しかも大型犬が二匹。つながれておらず刈り込まれた植木のあいだから茶屋のほうへ近づいてきた。二匹とも吠《ほ》えないが目は光っている。怪しい者でないかをうかがっていた。茶屋は踏み石伝いに犬の動きを警戒しながら庭を奥へ入った。開け放された玄関の前には髪の白い女性が微笑していた。犬を警戒しているもの腰の茶屋を笑っているようだった。この邸の主婦だということが挨拶《あいさつ》を交わして分かった。

「こちらのご自宅は、以前、あのマンションの場所にあったそうですね？」

「そうです」

主婦は、なにを知りたいのかという表情をした。

「マンションが建っている場所には、おたく以外の家がありましたか？」

「うちのほかに二軒ありました」

二軒とも小堀家の家作だったという。

茶屋は、その二軒の名字を訊いた。

主婦は、なぜ二軒の名を知りたいのかと訊いた。茶屋は、主婦に納得してもらうためにここを訪ねるまでの過程を手短に話した。

主婦は少し顔を曇らせると、

「事件を調べていた人のノートに、町名と地番が……」

と、小さな声でつぶやいた。

彼女は家作の二軒の名字だけを憶えていた。桂《かつら》と石倉《いしくら》という家だったが、戸主のフルネームまでは憶えていないといって奥へ引っ込んだ。住宅を貸していた記録があるのだろう。

十分以上経ったが、主婦は出てこなかった。二匹の犬は玄関の前にすわっている。茶屋に対しての警戒を完全に解いてはいないらしい。

「ありました、ありました。ご免なさい、お待たせして。なにしろ二十年以上前にしまい込んでいたものなので」

主婦がさがし出してきたものは住宅地図だった。それには道路も川も学校も公園も載っていて、各住宅には戸主の氏名が入っていた。［小堀重太郎《じゅうたろう》］の敷地は付近でひときわ広く、右側に［桂克利《かつとし》］、後ろ側に［石倉君雄《きみお》］が小さな囲みのなかに入っていた。

「桂さん夫婦は四十半ばで、高校生の娘さんと三人暮らし。石倉さん夫婦はたしか七十代でした。市内に息子さんと娘さんがいるようでしたけど、会った憶えはありません」

茶屋は地図と氏名をノートに控えた。二軒が立ち退《の》いたのは二十三年前だという。二軒の転居先は知らない、と主婦がいったところへインターホンが鳴った。

六章　北へ、北へ

1

北畑市男が遺《のこ》したノートには［石倉］の文字があった。地名なのか名字《みょうじ》なのか分からなかったが、住宅地図にあった石倉君雄のことにちがいないだろう。

ノートにあったもう一か所の泉野町で該当地番をさがした。小学校の校庭からの声が聴こえる住宅街の一角がそこだった。同じような造りの二階建て住宅が五、六軒並んでいた。何年か前に建ったと思われる比較的新しい家があった。その家の地番がノートの記述と一致していた。

その家へ声を掛けると、すっかり髪がなくなった小柄な男がドアを開けた。

「失礼なことをうかがいますが、こちらには何年ぐらいお住まいでしょうか？」

「間もなく五年になります。あなたは、なにかを調べているんですか？」

男は眉間《みけん》に皺《しわ》を寄せた。

「そうです。ある人が持っていたものに、こちらの住所が書いてありました。なんらかの関係のあるお宅ではないかと思いましたので」

「ある人とは、なにをしている人ですか？」

「フリーのライターでしたが、三十二年前に亡くなりました」

「その人は、私がここにくる前に住んでいた人と関係があったんじゃないでしょうか」

「そうかもしれません。以前はなんという方がお住まいだったのか、ご存じですか？」

「久保山《くぼやま》という人です」

久保山ウメという女性で、現在は市内の養老ホームで暮らしている。彼女は養老ホームに入るために家を処分した。老朽《ろうきゅう》家屋だったので建て替えたのだと、男はいくぶんなごやかな顔になって話した。

茶屋は、久保山ウメが暮らしている養老ホームを訪ねてみることにした。

その前に入院中の富永ひろ子に電話して、小まわりの利《き》く弁護士を紹介してもらいたいといった。

「公簿でも調べるんですね」

さすがに新聞記者は勘が鋭い。

これから久保山ウメという人を養老ホームに訪ねるつもりだが、彼女は結婚で姓が変わったかもしれない。それで旧姓を知りたいのだといった。

「そういうことでしたら、すぐに。茶屋さんが養老ホームに着くころ返事ができると思います」

久保山ウメが暮らしているホームは、金沢大学理学部と陸上競技場を見下ろす高台にあった。

タクシーを降りたところへ、富永の電話が入った。さっき頼んだことの返事である。

茶屋の推測はあたっていた。久保山ウメの旧姓は石倉だった。彼女の両親が以前住んでいた菊川の家主は、貸し家に住んでいた石倉夫婦には息子と娘がいるといった。それがヒントとなり、石倉夫婦の息子と娘に注目したのである。

富永は、久保山ウメの旧姓だけでなく、息子の名も調べていた。石倉永平《えいへい》といって現在七十一歳。だが石倉永平は四十年以上前から住所不明で、戸籍簿には職権消除の付箋《ふせん》が付けられているという。

久保山ウメは、ホームのスタッフに付き添われて、談話室の札の出ている部屋へ車椅子《いす》に乗ってやってきた。痩《や》せているし顔色が蒼《あお》い。交通事故に遭《あ》い、歩行困難になったのでここへ入ったのだと、わりにはっきりした話しかたをした。談話室の窓ぎわの席には、若い女性から同じことを繰り返し訊《き》かれている老女がいたが、ウメには認知障害はないようだ。

スタッフは一礼して部屋を出ていった。

茶屋は腰掛けるとウメに向かい合った。

「お兄さんの石倉永平さんにお会いしたいのですが、市内にお住まいですか？」

「金沢には、いないと思います。あなたはどういう用事で兄に会うおつもりですか？」

「ある人のことをうかがいたいんです」

「ある人とは、どういう人でしょうか？」

ウメは、それとなく茶屋の素性をたしかめようとしているようだ。

「新聞や雑誌に記事を書いていた人です。永平さんは、その人をよく知っていたと思いますので」

「その人がどうかなさったんですか？」

「亡くなりました。その人が持っていたものに、永平さんのお名前がありましたので」

茶屋のいうことが信用できないのか、彼女は少し首をかしげた。

「兄に会いたいということですが、わたしがここにいるのを、どこでお知りになったんですの？」

茶屋にとっては困った質問だった。またつくり話をしなくてはならなかった。

「久保山さんが以前お住まいになっていたところを訪ねました。現在そこに住んでいる人が教えてくれたんです」

それは事実だが、ウメはどうも茶屋をうさん臭い人間とみているようで、

「あなたは、わたしの兄が石倉永平だということを知って、おいでになったんですね?」

「そのとおりです」

「わたしがここにいることを教えた人が、兄の名を知っているはずがありません。あなたは兄に会って、ある人のことを聞きたいといいましたね?」

彼女の口調がいくぶん尖《とが》った。

茶屋は、ウメの茶色の目をじっと見てうなずいた。

「ある人のことを兄に訊く目的は、なんですか? わたしに分かるように話してください」

彼女は真剣な目をしている。突然訪れた茶屋の素性や目的を疑っているだけではないようだ。

茶屋は質問のしかたをあらためることにした。事実を正確に話すほうが納得してもらえそうだ。

「ある人といったのは、東京の品川区に住んでいた北畑市男さんという三十五歳だったライターです。北畑さんはずっと前に金沢市内で起きた事件の真相を詳しく知るための取材をしていたんですが、その過程の三十二年前、浅野川で亡くなりました。自殺なのか事件

なのか分かっていません。その北畑さんが取材に持ち歩いていたと思われるノートに、石倉さんのお名前と住所が書いてあったんです」

「茶屋さんは、そのノートをご覧になったんですか？」

「見ました」

「それで、兄にお会いになりたいとは、どうしてですか？」

「石倉さんも、北畑さんと同じように、ずっと前に起こった事件を調べていたんじゃないかと思ったんです」

「ずっと前の事件とは、いつのことなんです？」

「四十九年前です」

「四十九年前。……兄が二十二歳のとき……」

ウメは瞳を動かした。彼女と永平は二つちがいだ。二十歳のころを思い出しているのか、揺れるものを追っているように瞳が左右に動いた。

「兄は、北畑さんという方と知り合いだったのかもしれませんが、事件のことを調べるようなことはしていなかったと思います。兄は早くから両親やわたしとはべつの場所で暮らしていましたし、どういう方と知り合っていたのかも分かりません」

「四十九年前、永平さんは、学生でしたか。それともお勤《つと》めでしたか？」

「働いていたと思いますが、はっきりしたことは……」

彼女は額に手をあてた。

そのころの永平は金沢にいたのかと訊くと、いたと思う、と曖昧《あいまい》な答えかたをした。

「現在は、どちらにお住まいですか？」

彼女は軽く唇《くちびる》を噛《か》んだ。

「お恥ずかしいことですけど、どこにいるのか知りません」

ちらりと茶屋の顔を見てから目を伏せた。永平の現住所をほんとうに知らないのか、隠しているのかを判断できなかった。

「永平さんは、青森県か北海道に住んでいたことがありますか？」

「分かりません。ほんとうに兄のことは知らないんです」

ウメは謝るように首を動かすと、車椅子の向きをくるりと変えた。茶屋とはもう話していたくないといっているようだった。

2

富永ひろ子は、ベッドにすわって本を読んでいたが、茶屋の姿を見ると手にしていた本を伏せた。タオルケットの皺のあいだに［裁判］と［告発］というタイトルの一部がのぞいていた。

茶屋はベッドにスチール椅子を近づけると、市内の菊川と泉野町で聞き込みした結果、久保山ウメを養老ホームへ訪ねた。ウメには二歳ちがいの兄・石倉永平がいるが、現住所は不明だといわれた。浅野川で死んだ二人のうちの北畑市男のノートには、青森県と北海道の何か所かの地名が書かれていることを話した。

彼女は目を閉じて茶屋が調べたことを聞いていたが、目を開けると片頰をゆるませた。茶屋には意味の分からない表情である。

「わたしは、四十九年前に発生した犀川沿いの事件も、それの十五年後に高松文典が出頭したことも、彼の告白によって神谷由佳利はべつの犯人に殺されていたことも、調べ直して、『忘れられた事件』の特集に書くつもりでした」

その話は、この前ここで聞いている。

「わたしと同じように、三十二、三年前、高松の出頭後を調べていた住吉英彦と北畑市男が川で死にました。二人とも消されたのはまちがいない。それで、二人の異状死についての疑問を書きはじめたところ、『忘れられた事件』の特集は中止になったんです」

前に話したときは、二人の死は知らなかった様子だったが、あれは演技だったのか。まだ自分が記事を書くことを諦めきれていなかったが、茶屋がここまで調べてきたことで負けを認めたのかもしれない。

「途中で？」

「わたしは自分の取材が、一歩先へ踏み込んだのを実感したときでした。編集局長から、その特集は全面的に中止をいい渡されました。ほかの事件についてもです」

「理由はなんでしたか?」

「スポンサーに触れることになるからだったんです」

「スポンサー?」

「スクープをしても、記者がどんなにいい記事を書いたとしても、広告が出せなかったら新聞は発行できません」

「それは分かっています。……富永さんが取材して書こうとしていたことは、広告主を傷つけることに?」

「うちの紙の有力スポンサーを、失う結果になることが分かったんです」

「どこですか、それは?」

「さの美容整形クリニックと、富山市の真海製薬《しんかい》です」

きょうの北雪新聞にも、さの美容整形クリニックと真海製薬、それから真海製薬の関係企業の化粧品メーカー・ゴールデンノトの広告は載っていたという。佐野が妻殺害依頼を糾弾《きゅうだん》されないのもそのためか。

「茶屋さんに、おいしいところを持っていかれて悔しいけれど、北雪の社員でいるかぎりわたしは書くことができませんので……」

彼女はまた意地悪でもしそうな笑みを浮かべた。

「佐野清人が愛生会病院に勤めていたころ、青森県出身の看護師がいました。佐野とその看護師は特別な間柄でした。二人は隠れて会っていたのでしょうけど、一部の同僚には関係を知られていました」

「佐野素絵さんが殺されたころのことですか？」

「二人の関係は、事件の前からだったようです」

犀川沿い事件当時、佐野清人は二十九歳。親密な間柄だった看護師の脇本景子《わきもとけいこ》は二十二歳だった。事件発生の数か月後、景子は愛生会病院を辞めて帰郷した。仲よしだった同僚に手紙をよこしたが、その住所は青森県上北《かみきた》郡野辺地町だった。それには青森市の病院に勤めていると書いてあったという。

脇本景子は健在なら七十一歳だ。

「彼女は六十歳で青森の病院を退職しました。その後の職業は分かりませんが、いまも元気だと思います」

「結婚しなかったんですか？」

「正式な夫婦ではなかったけど、男性と一緒に住んでいた時期はあったようです」

富永は、わたしの話はそこまで、というふうに口を一文字に結んだ。

茶屋は椅子を立つと、そこから先はといって頭を下げた。

事務所へ電話すると、「はい、茶屋事務所」と、男のような声でサヨコが応えた。

「金沢から青森へ、最も早く着ける交通手段は？」

「青森へ。急ぐの？」

「急ぐから訊いてるんじゃないか」

「飛行機の路線はないけど、もしも飛行機でいくとしたら、小松から羽田。羽田から青森。そんなに急がないで、日本海側を列車でいったらどうですか」

「早くいかないと、間に合わないかもしれないんだ」

「間に合わないって、もしかして相手の人は急病？」

「分からないが、今度の取材の関係者は、いずれも高齢だ。一日遅かったがためにと後悔したくない」

「金沢市内から小松空港へは一時間近くかかる。すぐに乗れる便があるとはかぎらない。羽田での乗り継ぎにも時間を要する。青森空港へ着いてから目的地へは……」

サヨコはパソコンの画面をにらんでいるようだったが、茶屋は電話を切った。

金沢駅で最終の「かがやき」に乗るために弁当とカップ酒を買った。茶屋と同じように列車に弁当を持ち込む人が何人もいた。北陸新幹線開業以来、金沢、東京間は日帰りコースになった。東京のサラリーマンが出張先の繁華街で飲食するならわしは、過去のものになりつつある。

列車が走り出してから弁当を開き、カップの酒をちびりちびり飲《や》りながら、思いついたことをノートにメモした。富永ひろ子のいまいましげな顔が何度も浮かんだ。さの美容整形クリニックオーナーの佐野清人に一度は会いたい。夏見は、佐野の自宅とクリニックを見てきたといっていた。食指《しょくし》が佐野のほうを向いたのだろう。

列車が大宮へ近づいたところで、ノートをポケットに押し込んだ。


翌朝は七時三十六分東京発の東北新幹線の「はやぶさ」に乗った。朝刊を丁寧《ていねい》に読んで、弁当を食べ、コーヒーを二杯飲んだ。ほぼ満席だったが、仙台で七割がたの乗客が降りた。盛岡でまた空席が増えた。ちょうど三時間で七戸十和田《しちのへとわだ》へ着いた。目的地はここからのほうが至便だった。この駅に立つのは初めてだ。七月だというのに、田園の上を渡ってくる風は冷たく感じられた。駅の近くにはうす陽が差しているのに、北のほうには黒い雲が帯になっていた。

駅前にとまっていたタクシーに野辺地町の脇本景子の住所を見せると、二〇キロはないと思うといった。その言葉には強い訛《なまり》があった。久しぶりに青森の人と話したせいか、遠くへやってきたという気分になった。

車は北へ向かった。行きつく先が陸奥《むつ》湾で、野辺地は斧《おの》のかたちをした下北《しもきた》半島の付根にあたっている。

「冬の寒さは厳しそうな土地ですね」

茶屋は六十歳ぐらいの運転手の背中にいった。

「ええ。雪は地面から降ります」

そうにちがいない。茶屋は大きくうなずいて車窓に目をやった。穂をふくらませはじめた稲が波打っていた。

「お客さんは、東京からなら、きょうは泊まりですね。陸奥湾の魚はうまいですよ」

車は鉄道線路の手前でとまった。運転手はナビゲーターを確かめてから走り出したが、五、六分でとまり、この一角のはずだという。田畑のなかに住宅が点々と建っているし、同じようなかたちの家がかたまっている場所も見えた。脇本という家はこの視野のうちの一軒らしい。車はのろのろと走って、小さな寺と墓地を越えた。墓地から出てきた人に茶屋が訊いた。作務衣《さむえ》のようなものを着た男は腕を伸ばし、一〇〇メートルほど先を右折したところだと教えてくれた。

脇本という家からは七十代だろうと思われる小太りの女性が、白い猫と一緒に出てきた。

「脇本景子さんですね?」

茶屋は、つとめて穏やかに尋《たず》ねた。

「景子の家は、お寺の向こうです」

彼女は景子の姉だった。強い訛のある言葉で、どこからきたのかと訊かれた。

東京だ、と答えると、

「それはご苦労さまです。景子は家にいると思いますよ」

まるで茶屋がよい知らせを携《たずさ》えてきたとでも思っているのか、彼女はにこにこ顔をした。円満な暮らしをすごしてきたらしく、目つきが和《なご》やかだ。

教えられた家はすぐに分かった。野菜畑を三方に囲んだ家で、玄関の前には白と黄色の小花が咲いていた。二度声を掛けると、家の後ろから壁伝いに鍔《つば》の広い帽子をかぶった女性がやってきた。その人が脇本景子だった。さっきの家の女性と顔立ちが似ていた。

「昔のことをうかがいにきました」

茶屋がいうと、彼女は首を曲げて帽子を脱《ぬ》いだ。

「昔のこと。なんでしょう。まあ、お入りください」

彼女は先に玄関へ入って靴を脱いだ。

上がり口は一段高くなっている。彼女はそこへ座布団を置いた。

「脇本さんはお若いとき、金沢にいらっしゃいましたね」

彼女はすぐに返事をせず、眉《まゆ》を寄せて茶屋の名刺を見直した。東京の人から金沢の地名が出るとは思っていなかったのか。

「六年ほど」

彼女は茶屋の顔色をうかがう目をした。

「金沢市の愛生会病院にお勤めでしたね」

彼女の首が小さく動いた。

なぜ愛生会病院を辞めたのかを知りたかったが、それを訊いても正直に答えてはもらえないだろうと思ったので、質問の方向を変えることにした。

「私は、ある人にどうしても会いたいんです。金沢生まれの人でしたし、金沢にいらっしゃるものと思っていましたが、だいぶ前から現住所は分からないということでした。何人かにどこにいらっしゃるのかを聞いているうち、あなたがご存じだろうと教えてくれた人がいました」

「ある人とは、だれのことですか?」

「石倉永平さんです。石倉さんは、この野辺地へきていましたね?」

景子は、一瞬、茶屋をにらみつけるような目をしてから顔を伏せた。石倉永平など知らないというかと思ったが、呼吸をととのえるように何分間か黙っていた。板の間に正座していた彼女だが、すわり直すように腰を動かすと、金沢のだれからここを教えられたのかと訊いた。

「石倉さんの身内の方です」

「身内……」

彼女は石倉の身内の何人かを知っていたのだろうか。それを思い出そうとしているのか首をかしげた。茶屋の話を疑っているようでもあった。

「石倉さんは、ここへきたことがありますけど、いまはどこにいるのか知りません」

茶屋は、石倉についてもう少し詳しく話してもらえないかといった。

彼女はまた何分間か俯《うつむ》いていたが、

「昔のことなので、お話ししてもいいでしょう。ただ、石倉さんのことをわたしに聞きにきたのは、あなただけではありません」

「えっ。前にも？」

「あなたは、たしか四人目です」

「四人目。私の前にきた三人の名を憶《おぼ》えていますか？」

「なにかに書き取ってあるでしょうけど、名字だけは憶えています」

「三人のうちの一人は、北畑さん？」

「その前は金沢の住吉さん、そして北畑さんのあとは、有森さんでした」

「住吉英彦さんは、三十三年前に。北畑市男さんは、三十二年前に亡くなっています」

「ええ……」

「二人とも、金沢の浅野川で。自殺でないことだけはたしかです。二人があなたを訪ねてきたのは、三十二、三年前だったでしょうね？」

「ええ。ずっと前だったということは憶えています」

「有森さんが訪ねてきたのは？」

住吉と北畑がきて一年ぐらいしてからだったと思うという。

3

住吉も、北畑も、有森も、石倉永平の行方《ゆくえ》について訊きにきたのではないか、と茶屋は脇本景子の陽に焼けた手を見ながら訊いた。

「そうでした。茶屋さんも同じですね？」

「同じです。先の三人は、石倉さんに会えたでしょうか？」

「会えなかったと思います」

「えっ。どうしてそれが？」

「彼は、本名を隠していましたし……」

彼女は語尾を消した。

「なんという名前に？」

「知りません」

茶屋は、石倉はいつ野辺地へきたのかを訊いた。

彼女は、どう話そうかしばらく迷っていたようだった。が、胸に手をあて、はるか彼方《かなた》を見るような目つきをすると、お話ししますといって、石倉のことを語りはじめた。

……景子は、金沢の愛生会病院に勤めていた二十二歳のとき、郷里の野辺地へもどった。実家から、再就職した青森の病院へ通っていた。郷里にもどって半年ほど経《た》ったころ、金沢市の知人から連絡があって、野辺地でも青森でもいいが、男が一人住めるところをさがしてもらいたいと頼まれた。二、三日さがして野辺地で一軒の空家を見つけたので、金沢の人に連絡した。数日後、金沢から若い男がやってきた。それが石倉永平だった。金沢にいたころ何度か会ったことがあった。彼は田中与四郎《たなかよしろう》という氏名で住むことにした。金沢の知人も、田中与四郎を名乗る石倉も、なぜ金沢をはなれてきたのかを語らなかった。金沢に住んでいられない事情が生じたのだろうという察しはついた。本名を隠すのだから危険なことに手を染めたのではと想像した。しかし彼はやさしげな話しかたをするし、行儀も悪くなかった。

田中は野辺地港の水産加工場に就職した。

景子と田中は、たびたび会うようになった。彼から『好きだ』といわれたし、彼女は彼の住まいへいって食事をつくることも一再でなくなっていた。『ここの地名はアイヌ語の「ノンベチ」で、野のなかを流れる清い川』という意味なのと、彼女は彼に教えた。冬は金沢よりもずっと寒いし、海からは強い風が吹きつけるともいった。だが彼は、金沢より人が少なくて、時間がゆったりとすぎているようだし、空は青くて広いし、勤め先の人たちは温かいといっていた。

二年ほど経つと、彼は突然、水産加工場を辞め、青森へいくといって出掛けたまま帰ってこなくなった。一か月ばかり経ってからか、田中から五所川原にいるという手紙が届いた。景子は手紙をにぎって、五所川原市で彼の住所をさがした。

田中は、建設会社の寮に住んでいた。野辺地の家をどうするのかと彼女がいうと、もうもどらないので解約してくれといわれた。なぜ急に水産加工場を辞めて五所川原へ移ったのかは話してくれなかった。彼が野辺地に住んでいるあいだ、景子の母と姉はそれとなく田中を観察していて、『あの男をアテにしないほうがいい』と何度かいわれた。もの静かでやさしげには見えるが、なにかに怯《おび》えているような表情をするのを、母も姉も見て取っていたのだった。景子は、田中と一緒に暮らしたいと思ったこともあったが、『またくるから』といって、五所川原をあとにした。それきり彼に会いにいかなかったし、彼も彼女に会いにこなかった。彼女は手紙を書いたが、投函《とうかん》せずに持ち歩き、しばらくして破り捨てた。同じことを二、三度やるうち、投函しても手紙は彼の掌に渡らないような気がしたのである。一年も経つと彼のからだの温《ぬく》もりもクセも忘れ、憎しみのようなものも霧《きり》のように消えていった。ごくたまに彼を思い出す日はあったが、彼を追わなかったのは賢明だったと自分を見つめ直した。

十数年が流れた。景子は青森の同じ病院に勤務していた。新たな出会いと離別があって、四十路《よそじ》の角が見えはじめたころ、見ず知らずの人がきて、『石倉永平の住所を知っているか』と訊かれた。それは金沢の住吉英彦。景子は、『石倉さんは野辺地に二年ばかりいたけど、ある日、黙っていなくなって、そのあとのことは知らない』と答えた。

数か月後、今度は東京から北畑市男という人が訪ねてきて、住吉と同じことを訊いた。

その後一年ぐらいしてからか、小説家の有森竜祐が訪ねてきた。彼の名は勤めている病院の談話室に設けられている書棚のなかの本で知っていた。入院患者が読んで、置いていった本だった。

有森は金沢の出身だし、景子が勤めていた愛生会病院で診《み》てもらったこともあるといった。『愛生会病院は、わたしが勤めていたころとはすっかり変わっているでしょうね』と彼女がレンガ色の建物を思い出していうと、『一部を建て替えて十階建てにしたし、いまは研究棟を建設中です』といった。そして、『あなたが勤めているあいだに、ある先生のご家族が不幸な事件に巻き込まれましたね』と、二十年近くも前のことを、独《ひと》り言のようにつぶやいた。それを聞いて、この人には過去を調べられている、と感じ取った。

有森の訪問の目的も石倉の行方さがしだった。景子は、なぜ石倉の行方を追っているのかと尋ねた。有森は、『金沢で起きたある事件に関する新しい事実が出てきたので、それを石倉に会って確かめたい』というようなことをいった。有森のいう事件が、どの事件を指しているのかの見当はついていたが、石倉がそれにかかわっているらしいというのは意外だった。だが彼女は、自分が金沢を去ったときと、石倉が野辺地へきたときのことを思い返すと、なんらかのかたちで重大な事件に関係した人という気がしはじめた。彼女自身が追いかけられている気分にもなったので、野辺地にいた石倉がどこに勤めていたのかも、田中与四郎という偽名で通していたことも話さなかった。だが有森は、石倉が五所川原へ転居したのを知っていた。たぶん石倉は、金沢のだれかと連絡を取り合っていたのだろう。

有森は景子と一時間ばかり話して立ち上がると、『私の前にあなたに会いにきた住吉英彦さんと北畑市男さんの死因についても疑いを持っています』といった……。

「有森竜祐さんのあと、あなたを訪ねてきた人はいませんか？」

「茶屋さんです」

彼女は、ぱっちりと開けた目を茶屋に向けた。

「わたしの知っているのは、これだけです」

彼女はそういうと印刷物を裂いた紙片を差し出した。それには五所川原市の町名とアパート名が書いてあった。彼女は靴を履《は》くと、茶屋よりも先に外へ出て両手を広げた。

「やっと晴れました」

彼女は胸を張って深呼吸した。「金沢にいるあいだは、青い空に取りまかれたくて、毎日、郷里のここを恋しがっていたものです」

景子は独り暮らしのようだ。名字も脇本のままである。


奥羽本線の川部《かわべ》で五能《ごのう》線に乗り換えた。五所川原へは約三十分だった。あちらこちらから［津軽］の文字が目に入った。人びとの言葉にはこの地方特有の訛がある。

脇本景子が教えてくれたアパートの場所は、木造《きづくり》駅に近かった。津軽平野の中央部だ。

田中与四郎という偽名を使っていた石倉永平がそこへ移ったのは、四十七年も前のことである。アパートの家主を訪ねると、十四、五年前に建て替えたが、以前のアパートに住んでいた人は憶えているという。

やはり石倉は田中与四郎を名乗っていた。

さっき、サヨコに電話で聞いたのだが、田中与四郎とは千利休《せんのりきゅう》の本名だという。

「歴史上の高名な人の名を使うとは、豪胆《ごうたん》な人ですね」

サヨコはそういった。

「石倉は、千利休の本名とは知らずに使っていたのかも」

「覚えやすそうだったからかしら」

田中与四郎が住んでいたアパートの二階五部屋は、五所川原市内の建設会社が従業員の寮として借り受けていた。田中はその会社に現場作業員として約三年間勤務した。その間に、アパートと会社のほぼ中間地点にあるガソリンスタンド従業員の女性と親しくなり、その女性はしょっちゅう田中の部屋を訪ねていた。したがって彼女のことは会社の同僚にも、アパートの入居者にも、アパートの家主にも知られていた。

約三年後、田中は車を運転することがあったが、免許証を所持していないことが発覚して、上司に問い詰められた。しかし彼は偽名を用いていたことを白状せず、会社へ出勤しなくなった。彼は免許証不所持が発覚した日の夜のうちに身のまわりの物をまとめて、アパートを出ていった。

田中と付合っていた女性は、彼の行き先を建設会社の社員に訊かれたが知らないと答えていた。だが三、四日後、彼女も五所川原から姿を消した。勤め先のガソリンスタンドへ出勤しなくなったし、両親などの家族にも行き先を告げずにいなくなった。田中のあとを追ったか、彼に呼ばれて、逃げるように五所川原を去っていったにちがいなかった。

田中が住んでいたアパートの家主は、その女性の名も彼女の実家も知っていた。伊達《だて》早《さ》苗《なえ》といって田中（石倉）より五つ下の二十四歳だった。

茶屋は、伊達早苗の実家で彼女の兄に会った。

「早苗さんにお会いしたいのですが、どちらにお住まいでしょうか?」

と尋ねた。

リンゴ農家の伊達は、一瞬、怯《おび》えるような顔をしたが、早苗は函館に住んでいるといって、その住所を教えた。いまから三十数年前、茶屋と同じことを尋ねた男がいたにちがいなかった。

茶屋は青森へ移った。港の赤い灯の明滅が窓に映るホテルに落ち着くと、野辺地で会った脇本景子の容姿や、話しかたや、青空を仰《あお》いで両手を広げたようすを、原稿に書いた。

脇本景子は、金沢の愛生会病院の看護師だった。そのころ佐野清人医師は同病院の整形外科に勤務していた。彼と景子との関係は院内の一部に知られていた。そうしたある日、佐野の自宅は放火された。焼け跡からは妻の素絵が刃物で刺された遺体で見つかった。景子が愛生会病院を退職して郷里の野辺地にもどったのは、その事件から何か月も経っていなかった。

4

青森、函館間は特急列車で約二時間だった。函館へはやがて新幹線が開通する。伊達早苗の住所は、函館市松風町《まつかぜちょう》。函館駅に近い繁華なところで、夜は盛り場になる。五所川原の彼女の兄は、住所を教えてくれただけで妹がどのような暮らしかたをしているのかはいわなかった。会いたければ訪ねてみればよいといっているようだった。

姓が変わっていないから彼女は独身なのだろうかと思いながら地番をさがした。「つがる亭」というレストランにゆき着いた。白く塗った格子のドアがしゃれていた。店の横に人が一人やっと通れる路地があった。そこを入るとガラス戸があって「伊達」と小さな表札が出ていた。インターホンがないので声を掛けた。繰り返し呼んだが応答がなかったのでレストランへ入った。

「いらっしゃいませ」と、男女の声が重なった。

白い前掛けをした女性に、「伊達さんはこちらでしょうか」と訊くと、

「ママにご用ですか?」

と、訊き返された。伊達早苗はこのレストランの経営者らしい。

店にはテーブル席が六つあり、カウンター席もある。二組の客が道路側のテーブル席でコーヒーを飲んでいた。

店の奥の階段をゆっくりと下りてくる足音がして、わりに体格のいい女性が軽く頭を下げた。伊達早苗だった。

茶屋が渡した名刺をじっと見ていた早苗は、急に後ろを向くと、カウンターの横の棚に挿《さ》し込まれていた週刊誌を開いて、「やっぱり。なにかで見たようなお名前だと思いましたので」といって、にこりとした。白いシャツに水色のパンツの彼女は、白いイヤリング

を揺らすと、壁ぎわのテーブルへ茶屋を招いた。

「きょうは、どんな取材で函館へ？」

うす化粧の彼女は目を細くした。

「金沢出身のある男性の行方をさがしています。野辺地から五所川原へ。そこから函館へ移った人です」

「わたしのことを、五所川原でお聞きになったんですね」

彼女は機嫌《きげん》を損《そこ》ねたようないいかたをした。言葉の端ばしに津軽の訛がまじった。

「三十何年か前、茶屋さんと同じことを訊きにきた方がいました」

「北畑市男という人では？」

「そんなお名前でした」

「有森竜祐や住吉英彦という人はきませんでしたか？」

「いいえ」

彼女はいくぶん険《けわ》しい目をしてから、白い前掛けの女性の名を呼び、コーヒーを出すようにと指示した。

「私がさがしている人は、たぶん田中与四郎と名乗っていたことでしょう」

「茶屋さんは、野辺地と五所川原で調べておいでになったでしょうから、お話しします」

彼女は膝で手を組み合わせた。左の指には緑色の石が光っていた。

……伊達早苗は、五所川原の建設会社に勤めていた田中与四郎と親しくなった。ある日の夜、田中は自宅にいる早苗に電話をよこして、『会社を辞めた。北海道へ渡るつもりだ。落ち着き先が決まったら知らせる』といった。四、五日後、函館にいると彼から電話があった。彼女は彼のもとへ駆けつける決心をした。親や兄弟に話せば反対されることが分かっていたので、勤めていたガソリンスタンドにも断わらず、鞄《かばん》に着替えだけを詰め込んで家出した。

田中とは、函館港の食堂を落ち合い場所に決めていた。五所川原にいるうちは家族や知り合いの目がうるさくて彼と一緒に住むことはできなかったが、函館に着くと開放的な気分になったし、田中以外に知り合いはいなかった。田中はアパートを借りていたし、勤め先も決めていた。それは函館港の造船会社だった。

彼女も二、三日後に働き先が決まった。魚市場近くのレストランだった。

田中は、出身地を石川県輪島市だといっていたが、一緒に暮らしはじめて二年ばかり経ったある日、ひょんなことから諍《いさか》いが起こった。田中が持ちものを隠したのを彼女は見たのだ。隠したものは運転免許証だった。それまで彼は、免許証はないといい通していたのである。

彼女の追及に負けた彼はそれを見せた。とうに有効期限の切れた免許証の氏名は石倉永平だった。『あなた、他人の免許証を持っていたの』と訊くと彼は、じつは石倉が本名なのだと答えた。出身地が輪島市でなく金沢市だということも分かった。

『わたしはあなたに、正式な夫婦になりたいっていった。だけどあなたは、はっきりした返事をしてくれなかった。結婚できないことと、本名を名乗らないことは関係があるのね』

そういった彼女にも彼は返事をしなかった。

彼女は、両親には手紙を出していた。住所も教えたし、田中と一緒に暮らしていることも伝えた。母からは、結婚できない男とは、いつまでも一緒にいないで、五所川原へ帰ってくるようにという手紙が届いていた。

運転免許証によって本名と出身地が分かって以来、早苗と石倉はたびたびいい争いをするようになった。彼女は彼のいうことが信用できなくなった。それまではどんなに粗末な食事でも一緒に食べると旨《うま》かったのに、諍《いさか》いを繰り返すようになってからの食事には、砂がまざっているようだった。

早苗は彼と別れることを決意した。五所川原へ帰ることも考えたが、世間からは追いかけていった男に棄てられたとみられるにちがいなかった。その噂は一生ついてまわりそうに思われた。

勤めているレストランの主人に事情を話した。同棲《どうせい》している男と別れたいのだといったのだ。すると主人は、店の二階に住めばいいといってくれた。

石倉が夜勤の日、早苗は広告の裏に「さようなら。きょうからあなたを忘れる」と書いてアパートを出ていった。彼は彼女の勤め先を知っていたから、会いにくるかもしれなかった。彼が会いたいといってきても、彼女は拒否することにしたが、彼はあらわれなかった。彼女の胸の裡《うち》を読んでいたようだ。が、「お元気ですか。健康に注意してお暮らしください」と、田中名で他人行儀の手紙をよこした。

それから一年後、彼から届いた手紙の住所は釧路だった。それには、函館よりも住みやすいと書いてあった。彼が未練を抱えているのを感じたが、返事は出さなかった。

勤めていたレストランの主人の応援を得て、早苗は四十歳のとき店を持った。その後、養女を迎えた。彼女はいま六十六歳だ。

「石倉永平さんは、釧路に何年も住んでいたでしょうか?」

茶屋が訊いた。

「何年いたのか、いまも住んでいるのか知りません。彼からは年賀状が二度きましたが、最初の手紙と住所は同じでした」

その手紙か年賀状を持っていないかと訊くと、彼女は、あるともないともいわず、すっくと椅子を立って奥へ入っていった。どうやら住まいへいったようだった。

店の客が入れ替わった。カウンターで忙しげに食事をして出ていく人もいるし、道路側のテーブル席で話し込んでいるカップルもいた。客に料理を運び、代金を受け取っているのが養女ではないかと茶屋は観察していた。

早苗は二十分ばかりしてもどってきた。茶革のような表紙のノートを開き、

「彼が釧路へいってすぐのころにくれた手紙の住所です。憶えておいたほうがいいと思ったので、書きとめたのです」

「釧路の石倉さんを訪ねたことは？」

「ありません。手紙も出していません」

石倉永平とはどんな男だったかを、茶屋は訊いた。

「茶屋さんは、彼の顔をご存じですか？」

「いいえ」

「一重《ひとえ》まぶたの細い目をしています。親しみやすいというか、人なつっこい感じで、おとなしくてやさしげな話しかたをします。いくぶん頼りなさげですけど、女の人には好かれそうです。ですから一緒に暮らしていたころわたしは、ヤキモチを焼いていたものです。本名や出身地を偽《いつわ》っていたものですから、なにかよくないことをしてきた人なんでしょうけど、根は小心な男です。気が小さいので、郷里をはなれてきたんじゃないでしょうか。思い返してみると、わたしに対して、不満は一言もいったことがなかったような気がします」

石倉は、金沢でなにをしたのか、と彼女は訊いた。

「ある事件にかかわっているんじゃないかと思われるふしがあります」

「ある事件とは？」

早苗はまばたくと茶屋の目をのぞいた。

金沢市内で起きた重大事件に関係していそうだが、たしかなことはいえない、というと彼女は、それは犀川沿いの民家で主婦が殺害されたうえ放火され、犯人を目撃したと思われる若い女性が殺された事件ではといった。

「ご存じだったんですか」

「三十年以上前ですが、茶屋さんと同じように石倉の住所を知りたいという人が訪ねてきましたので」

やはり北畑市男のことにちがいなかった。

「その人にも、釧路の住所を教えましたね？」

「その人から、石倉がかかわったのではと思われる事件を詳しく聞いたのです。その人はたしか、石倉は主婦殺しの犯人ではないといいました」

主婦というのは佐野素絵のことだ。茶屋は、佐野素絵を殺して、家に放火して逃げた犯人は、事件発生から十五年あまり経って、名乗り出たことを話した。

北畑はこの事件を何人にも話して、偽名を用いていた石倉の行方を追っていた。それから三十数年を経たが、茶屋もまた同じである。朦朧《もうろう》とした事件の実像をつかみたいからだ。石倉永平とは、霧のなかから出てきて、霧のように消えていった男だった。しかし縁のあった女性には胸の隅《すみ》に、かたちとして残っている男にちがいない。

茶屋は、有森竜祐の行方をさがすためにはじめた取材であり調査だったが、この事件を人に語るたびに、語っているうちに謎が深まるのである。

有森の恋人だった神谷由佳利を殺したのが石倉だろうとはみているが、はたしてそうだろうか。石倉は、由佳利を殺した犯人だから逃げまわっているのか。彼はなぜ、主婦殺しと放火事件現場の佐野家の近くにいたのか。そこを偶然通りかかった人間だったのか。そうだとしたら歩行者の由佳利殺しが理解できない。

茶屋は函館駅で列車の時刻表を見上げた。函館本線は駒《こま》ケ岳《たけ》を右の車窓に映して内浦《うちうら》湾を半周する。室蘭《むろらん》本線で苫小牧《とまこまい》を経由し、南千歳で石勝《せきしよう》線に乗り換え、根室《ねむろ》本線に乗り継ぐ。各地で列車が速度を増しているのに、気の遠くなるような旅である。函館、南千歳間は特急で約三時間。南千歳から釧路へは特急で約三時間半。彼は、日付が変わる直前に釧路に着く列車に乗った。

5

列車に乗っている間に二度、牧村が電話をよこした。サヨコが牧村に、「うちの先生は、北海道旅行を楽しんでいる」といったらしい。

「私は、金沢市内を流れる犀川と浅野川を書いてって、お願いしたんですよ。女性サンデーの予告にもそう打ちました。それなのに、青森から北海道へ吸い寄せられたように渡り、一日がかりの旅を楽しんでいる。いまの茶屋先生には、趣味の旅行をしている暇《ひま》はないはずです」

「趣味じゃない」

そういったところで電波の具合がよくないのか、牧村の指の誤操作なのか、電話は切れた。列車は苫小牧で海からはなれた。これから何時間かは広大な陸地を走ることになる。

「釧路へは、なにしにいくんですか?」

石勝線に乗り換えたところでまた牧村からの電話が入った。茶屋は膝《ひざ》に弁当を開いていた。

「石倉という男の足取りをたどるつもりだ」

「その男と有森さんの行方は関係があるんですか?」

「それはまだ分からない」

「長々と列車に乗って、釧路に着いても、有森さんの消息につながる成果は得られないかもしれないんですね」

「目的地へいってみないとね」

「すごく無駄なことをしているような気がしますが」

「そうか」

「行動範囲を、せめて石川県内にとどめておいてもらいたかったのに」

「調べはじめたら、やめられなくなってしまった」

「面白いですか？」

「行き着く先に、とてつもない事実が待っているような予感がする。その予感っていう引力に引っ張られているんだよ」

「どこかを病《や》んでいるんじゃないといいですけど」

列車は駅でないところにとまった。原野なのか闇のなかに見えるのは二つ三つの小さな灯《あか》りだけである。背中から聴こえていた話し声がやんだ。乗客が眠ってしまうと列車のきしみ音だけが闇を裂いていた。しばらくは車内放送もないし、警笛も聴こえなかった。

釧路駅近くのホテルで朝を迎えた。窓のカーテンを開けると霧が動いているのが見えた。

　フロントで地理を尋ねた。伊達早苗から聞いた場所は、釧路川に架かる幣舞橋《ぬさまいばし》から一キロほどのところだった。はるばるここまでやってきたが、石倉永平の足取りが分かるかが気になった。

　そこは新しい色をした二階建てで［城山《しろやま》建設寮］という横書きの看板が出ていた。駐車場と自転車置き場もあった。ドアは厚いガラス張りだ。

　エントランスを入ったところに管理人室があった。声を掛けると五十代と思われる女性が窓から顔を出した。古いことだが、石倉永平、または田中与四郎と名乗っていた男が住んでいただろうかと尋ねてみた。

「ここはずっと前から城山建設の寮でしたので、お尋ねの人は社員だったと思います」

　管理人から、歩いて五、六分の会社を教えられた。城山建設は釧路地方では最大の規模だという。

　会社では古い従業員名簿をさがし出してくれた。そのなかに田中与四郎の名があった。臨時作業員で、土木工事現場に従事していた記録が残っていた。

　田中は寮に住んで約三年勤務した。城山建設と旭川市の北鉄《ほくてつ》建設工業との共同工事がはじまったことから、田中は旭川市の道央建設事務所の臨時作業員として旭川市へ移動した。退職していなければ、そこから旭川市内やその周辺の工事現場へ派遣されていたはずだといわれた。

　茶屋はレンタカーを調達した。北海道の移動は列車に頼るより車のほうが便利だ。それをサヨコに伝えた。

「あまり飛ばさないで。道路がすいていると思うのでスピードが気になるんです。……それにしても田中与四郎を名乗っていた石倉永平は、各地を転々としていたものですね」

「逃亡者だからだ。犀川沿いの事件で、彼は警察から被疑者としてマークされていたかもしれない。被疑者に挙がっていなくても、事件にかかわっていれば逃げ隠れする。彼は、追ってくる者を意識していたにちがいない」

　石倉が移動した土地は、野辺地、五所川原、函館、釧路、旭川だった。各地で知り合った女性の記憶や勤務先の記録で滞在していた期間がほぼ分かったが、その他の土地へ短期間いっていたことも考えられる。逃亡者というのは、同じ場所に長くとどまっていると不安が募《つの》ってくるらしい。日常生活が多くの人に知られる。身辺データが外に洩《も》れるということだ。それが人の口から口へと伝わって広がるのを怖れている。偽名を用いていたことが知られたのは致命的なダメージだった。だから住む場所を変えるために移動した。だが知り合って好きになった女性との縁は絶ちがたくて、迷ったすえだろうがつい手紙を出してしまった。人恋しさと未練は、だれにもある感情だろう。

旭川へ着いたときは日が暮れた。北海道のド真ん中を走っている間に、サヨコとハルマキがそれぞれ二度、電話をよこした。二人とも、『眠たくならない?』と、警笛のような甲高《かんだか》い声で呼び掛けた。

ホテルを見つけた。車を降りると五分ばかり手足を伸ばす体操をした。腹の虫が、早くなにか食わせろと騒ぎはじめた。

サヨコがまた電話をよこし、どこを走っているのかと訊いた。旭川に着いたところだというと、

「この時季、富良野や美瑛はきれいだったでしょ?」

彼女は、花ざかりの農場のことをいっているのだった。

走りながら目の端に色とりどりの花の畝《うね》が何度か映った。広大な農場に咲きみだれる花を見る観光客が訪れるのがこの時季だった。ゆるやかな起伏の先には十勝《とかち》や石狩の山脈が黒い帯をつくっている。

茶屋は、富良野や美瑛の花の農場を二、三度見学しているので、今回は車を降りなかった。

ホテルの近くの居酒屋へ入った。天井から演歌が降っている。赤い顔をした男客が四人出ていった。いちばん奥のテーブルでは四十歳ぐらいと思われる陽焼け顔の男と髪の乱れた女性が向かい合っていた。女性の横には水色のTシャツを着た五、六歳の女の子がい

る。茶屋はカウンターの端からその三人をちらちらと見ていた。女の子の顔立ちは男に似ている。夫婦と、そのあいだの子どもらしい。三人の前には小皿が置かれ、箸《はし》がそろえられている。なにを食べたのかは分からない。食事を終えたようだし、話すタネも底をついたようである。妻と思われる女性の口がわずかに動いたが、にぎっていたハンカチを目にあてた。その顔を女の子が不安げに見上げたが、男の顔を見るときは上目遣《づか》いになった。十分か十五分ばかり経って気付いたが、女性の足元の床には旅行鞄のようなバッグが置いてあった。

茶屋はビールをお代わりした。焼きトンを二串食べ、ポテトサラダを頼むと、山盛りにしたのが出てきた。三人連れが気になって、また女性の表情を盗むようにちらりと見ると、細い声で短くなにかいった。それは愚痴《ぐち》のようにもみえた。女性は遠方から娘を連れて旭川にいる夫に会いにきたのではないか。夫はこの土地で働いているのか。それとも妻子のもとをはなれて、だれかと一緒に暮らしているのか。

夏なのに八代亜紀《やしろあき》が「寒い夜汽車で」とうたっていた。

男は女の子になにかいった。女の子は上目遣いのまま首を横に振った。その表情が曇ると、母親と思われる女性に似ていた。男は女の子に、もっとなにか食え、とでもいったのではないか。女の子は満腹ではないが、ものを食べる気分になれないのだろう。

男は椅子をずらすと、テーブルに手をついて立ち上がった。女性はハンカチで両目を拭《ぬぐ》った。男は伝票をつかむと、レジで支払いをして店を出ていった。女性と女の子は置き去りにされた格好になった。が、女の子は火がついたような目を出口のほうへ向けていた。

店の二十歳そこそこの女性が、麦茶を注いだグラスを行き場を失ったような二人の前へ置いた。彼女はいったん調理場へ消えたがすぐに出てくると、ヒマワリの花のような色の小さな紙袋を女の子に与えた。「ありがとう」と女の子の口が動いた。店の若い従業員は三人連れを観察していたにちがいない。

カウンター席に、着古した冬服のような紺《こん》のスーツの男がすわった。五十代だろう。焼酎《しょうちゅう》をロックで頼み、浅漬けを音をさせて嚙んだ。すでに酒が入っているようだ。近所でだれかと飲んでいたが、折り合いが付かず、酒や肴《さかな》が胸につかえていたので、飲み直しにやってきたのではないか。どうやらこの店の常連らしい。

茶屋は日本酒に切りかえた。

紺のスーツの男は、トイレからもどると、

「旭川の方じゃないですね？」

と、茶屋のほうへ上半身をかたむけた。

「東京からです」

「そうだろうと思いました。仕事ですか？」

取材だ、と茶屋が答えると、なにを取材にきたのかと、椅子を茶屋のほうへ回転させた。濃い眉の下の目は小さいが、光っている。酒は入っているが酔ってはいないようだ。

茶屋は、週刊誌の仕事だといって名刺を渡した。

「ほう。私の名刺とは紙質がちがう」

彼はそういって、茶屋の名刺を指でこすった。

「あなたは、名刺は？」

「あ、そうそう」

彼は上着の内側へ手を入れた。茶屋が催促《さいそく》しなければ名刺を出さなかったかもしれない。

男は、北海道警察旭川中央署刑事課の警部補で、寺山八郎《てらやまはちろう》。

寺山は茶屋の名刺をいったんポケットにしまったが、なにを思いついたのか取り出すと、調理場にいる若い女性従業員を呼んだ。

寺山は頰のふっくらとした従業員に茶屋の名刺を見せた。

「え、あっ、本人？」

彼女は寺山に、「お知り合いなんですか」と訊いた。

「たったいま、知り合ったんだ」

「え、えっ」

目を丸くした彼女は急に顔を赤く染めると、「茶屋次郎さんなんですか？」と訊いた。

茶屋は彼女にも名刺を渡した。

「うれしい」

彼女は名刺を、わりに豊かな胸に押しつけて背中を向けたが、半年ほど前の「女性サンデー」を持ってきて、茶屋が連載していた「神田川」のページを開き、サインペンを出した。

「名川シリーズですか。じゃ、旭川へおいでになったのは、石狩川の取材ですね？」

寺山は、茶屋の盃《さかずき》に酒を注いだ。

茶屋は曖昧《あいまい》なうなずきかたをした。寺山のために盃をもらって酒を注いだ。

「茶屋さんは、次男坊ですか？」

「そうです。寺山さんは……」

「そう。男の子の八番目です。私の上に女が二人いますから、母は十人産みました。父は、兄弟で野球のチームをつくるんだなんていっていましたが、六十になる前に亡くなりました」

天井で鳥羽一郎《とばいちろう》の「兄弟船」が鳴り出した。

七章　宗谷《そうや》本線

1

釧路の城山建設で教えられた旭川市の道央建設事務所は、いまも存在していた。そこには十社ぐらいの社名が壁に貼られていた。北鉄建設工業の名もあった。茶屋は、古いことだがと断わって、田中与四郎という作業員が従事していたはずだが、記録があるだろうかと訊いた。

事務所次長の肩書きを持った男は、棚からファイルを抜き出して埃《ほこり》を払った。何冊かの賃金台帳を繰って田中与四郎の記録を見つけた。

「道路工事に従事していた作業員で、旭川市や美瑛町や、士別市の現場にいた記録があります」

次長はデスクに地図を広げた。ＪＲ宗谷本線と国道40号が並行していた。旭川を発《た》って北へ向かうと、上川郡比布町と和寒町《わっさむちょう》と剣淵町《けんぶち》を経て士別市にいたる。比布町の太字を見た茶屋は、取材ノートの前のほうを繰った。

そこには板橋区に住む月島登志子の話がメモしてある。

有森竜祐が旅行先の比布町で、歩いているあいだに猛吹雪《ふぶき》に遭って身動きがとれなくなり意識を失いかけていた。そこをたまたま通りかかった地元の人によって、近くの恩田という登志子の実家へかつぎ込まれた。凍死寸前を救助されたのだった。

有森は、生命を救ってくれた恩田家を忘れず、その後何度か恩田家に立ち寄ったし、自分の著書を贈ったこともあった。

救助されたときの有森は、比布にいるはずのだれかをさがしにきたというようなことをいっていた。彼は、石倉永平をさがしにきたのかもしれない。救助されたあとも旭川や比布を訪れていたのは、石倉の所在に関する情報を断片的に得ていたか、自分で調べた足跡をつなぎ合わせ、あらためて歩き直していたのではなかろうか。

月島登志子によると、最近も有森の姿をあちらこちらで見掛けたという人がいるということだった。有森は、夏見のもとを黙ってはなれる前から、旭川周辺へはたびたび足を運んでいたような気がする。彼がここを訪ねる目的はただひとつ。石倉永平は存命なら旭川市の北部に住んでいると信じ込んでいるのではないか。彼は七十五歳だ。執念の炎を燃やす年齢の限界に近づいたことに気付き、夏見のもとをはなれたのだろう。いまこれをしないと、禍根《かこん》を残したまま世を去ることになりそうだと決意したにちがいない。

賃金台帳の記録によって、田中与四郎は十一年前まで作業員をつづけていたことが分かった。住所が旭川市から士別市へと転々としているのは、工事区域の宿舎に起居《ききょ》していたからだった。十一年前の住所は旭川市新富《しんとみ》だったが、その宿舎はなくなっているといわれた。するとそこで田中の足跡は消えてしまったことになる。彼がどこへ移ったかをつかむ方法はないだろうかと次長に訊いたが、

「仕事を辞めた人については……」

と、首をかしげた。

しかし、有森は旭川市かこの周辺に滞在していそうだ。彼は金沢へもどったわけでもないし、娘が住んでいる小樽へいったわけでもない。造船所や土木工事の作業員をして食いつないでいる石倉永平を追いつめようとしているのだ。石倉は、まちがいなく旭川近辺に住んでいるものと確信しているにちがいない。

建設事務所を出ると、比布町の恩田家を訪ねることを思いついた。駐車場へ入る前に食堂が目に入ったので昼食を摂《と》ることにした。店の中央部のテーブルに、ゆうべ居酒屋にいた母娘と思われる二人が向かい合って、うどんを食べていた。茶屋は入口に近い席から、また母娘のようすを盗み見ていた。母親は、うどんを一口食べては箸をやすめて娘の顔を見る。食欲のない食べかただ。娘はテーブルにヒマワリのような色の小さな袋を置いてい

る。ゆうべ、居酒屋のおねえさんがくれた袋だ。たぶん中身はクッキーでは。

茶屋はキツネうどんを食べ終えた。母娘の席にはゆうべの男はあらわれなかった。娘は小袋を耳に近づけて振った。中身の音がうれしいのだろう。母親は、もう何年も笑うことを忘れたような顔で娘を見ていた。彼女の足元の床には旅行鞄が置いてあった。


国道40号で比布町に入った。道路の両側は水田だ。平坦地なので稲作がさかんなのだろう。住宅がぎっしりと建ち並んだ中心街を越えると北と東に山地が見えた。南東の山脈は大雪《たいせつ》だろう。

恩田家は農家だった。耳をぴんと立てた茶毛の柴犬がいた。

「茶屋さんのことは、東京の登志子から聞いています」

主人の恩田はにこにこ顔で茶屋を応接間へ通した。

「ぴっぷとは面白い呼びかたをしたものですね」

茶屋は五、六年前までこの呼びかたを知らなかった。

「アイヌ語で『ピピ』または『ピプ』といって、石の多いところとされていたようです。百二十年ほど前に、滋賀、香川、愛媛の各県から原野だったここに入植して、出身地の人を呼び寄せたりして、次第《しだい》に人口が増えてきたんです」

最近の人口は四千弱、世帯数は約千八百四十戸だという。

農業の中心は稲作だが、寒冷地がゆえに現在の収穫が得られるまでの道のりは長かった。近年、イチゴ栽培がさかんになり、名産品になりつつある、と恩田はいった。

話を有森に移した。

「最近、有森さんを見掛けた人が何人もいるということでしたが？」

「町内の三人から聞きました。何年も前のことですが、三人ともうちへきて、有森さんに会ったことがあったんです。有森さんが小説家だということを知って、彼の本を買った人もいるし、有森さんの原作のテレビドラマを観《み》た人もいます。一か月ばかり前でしたが、有森さんがパンを買っているのを見たそうです。そのときの有森さんは軽自動車を運転していたといっていました」

有森が車を運転していたといったのは、北比布駅近くの大西《おおにし》という農家の主人だという。

茶屋は、夏見に電話して、有森は運転免許証を持っていたかと訊いた。

「去年だったか一昨年《おととし》だったか、免許の更新をしたといっていましたので、持っているはずです。有森さんについて、なにか分かったんですか？」

彼女は胸に手を押しあてたような声を出した。

茶屋は、比布にいるとだけいった。

大西家を訪ねた。広い庭には小牛のような黒い犬がいた。

ひょろりとした背の高い大西は茶屋を見ると帽子を脱いだ。頬は陽焼けで黒いが額は横に線を引いたように白かった。

茶屋は、恩田家へ寄ってきたことを話し、有森をさがしにきたのだといった。

「私が有森さんを見掛けたのは一か月ぐらい前でした。北比布駅の近くのパン屋から出てきて、店の前にとめていた軽自動車に乗りました」

「大西さんは話し掛けましたか？」

「私も車に乗っていたので、スピードを落としただけで声は掛けませんでした」

有森の服装を憶えているかと訊いたが、特に目立つようなものは着ていなかったと思うという。

「有森さんの車には、だれか乗っていましたか？」

大西は、どうだったかと考えるように目を瞑《つむ》っていたが、同乗者はいなかったと思うと答えた。

有森が車を運転してパンを買いにきた姿を茶屋は想像した。有森は比布駅からそう遠くないところに滞在しているような気がした。

「比布町には、長期間滞在できる宿泊施設はありますか？」

「スキー場近くに一か所あります。有森さんは何か月も前から比布に滞在していそうなんですか？」

「二か月ぐらい前から」

「小説を書くためにきているんですか？」

「どうもそうではないようです」

「そうじゃないといいますと？」

「ある人をさがしているんじゃないかと。……有森さんはずっと前から、ある人の居場所をさがしていました。その人はどうやら比布あたりにいそうだと分かっていたんでしょう。それで何度も何度もやってきて、その人に関する手がかりをつかもうとしていた。そうしているうちに三十年も、いやもっと何年も経ってしまった。有森さんにとっては、その人を見つけることが、人生の最後の仕事のように思えてきたんじゃないでしょうか。いまそれをやらないと……」

「有森さんがさがしている人は、男ですか？」

「男です。金沢出身の人です」

「年配者ですね？」

「七十一歳のはずです」

茶屋は大西と話しているうちに、ゆうべ旭川の居酒屋で出会った寺山八郎刑事を思いついた。彼は旭川中央署にいる。比布町は同署の管内だ。

旭川中央署へ電話したが、寺山は外出中だった。茶屋はケータイの番号を伝えた。

2

寺山刑事は、三十代半ば見当の面長《おもなが》の刑事と一緒に、比布駐在所へやってきた。駐在は岩内《いわない》という五十代の巡査部長だった。

茶屋は三人に、なぜ有森竜祐の居場所をさがしにきたのかを説明した。金沢市犀川沿いの殺人と放火事件も話した。

「有森さんの居場所が分かれば、石倉永平という男の居所をつかむきっかけになるかもしれませんね」

寺山は、濃い眉の下の小さい目を光らせた。

「考えられます。有森さんは確信を持ったので、この付近にとどまっているんです」

寺山と岩内はうなずいた。

岩内は、町役場、農協、郵便局へ電話した。町役場へは、町内に空き家が数軒あったが、ここ二、三か月のあいだにそこへ入居した人がいるか、同じことを隣接の士別市、当麻町《とうまちよう》、愛別町《あいべつ》、和寒町へも問い合わせてもらいたいと依頼した。

茶屋は次の日も恩田家へ上がり込んで、お茶をいただいていた。そこへ大西から連絡があった。

パン屋の［らんる軒］の主人が、有森らしい男が借りている家を知っているという知らせである。らんる軒の主人は有森の名を知らないが、たびたびパンを買いにくる客なので容姿を憶えていた。二週間ほど前、野菜の仕入れに北比布の農家へ車で向かった。すると小ぢんまりとした住宅の前で男が車を洗っていた。その人はちょくちょく店へ寄ってくれる客だった。挨拶はしなかったが、住まいなのだろうと思って通りすぎたという。

そこは宗谷本線の東約二〇〇メートル。直線道路沿いに住宅が点々と建っているそのなかの一軒だと、大西はパン屋の主人に地図を描いてもらったと電話でいった。

茶屋は大西に会い、彼と一緒に地図に描かれた家を見つけて車をとめた。小ぢんまりとした木造家屋だがガレージがあった。だが車はない。表札も出ていない。軒下に赤いポストがあったが、そのなかにはチラシ一枚入っていなかった。声を掛けたが応えは返ってこなかった。家を一周した。裏側にサヤエンドウとナスの畑があった。

近所の家へ寄って、有森の写真を見せた。

「この人です。二か月ぐらい前から独りで住んでいるようです」

有森はほぼ毎日、白っぽい軽自動車を運転して出掛けるらしいが、その時間はまちまちだという。

家主が分かった。借りているのはやはり有森竜祐だった。彼は家主に小説家であることを話し、この土地を舞台に作品を書くので、家を借りたいといって、三か月ほど前にやってきた。本格的に住むようになったのは二か月あまり前だという。入居して十日ほど経つと旭川で中古の軽自動車を買ってきた。それを運転して出掛け、何時間ももどってこない日もあれば、二、三時間で帰ってくることもある。訪ねてくる人はいないようだ、と家主はいった。

茶屋は、寺山刑事と駐在の岩内に電話で、有森の住まいが見つかったことを知らせた。岩内は軽自動車でやってくると、有森が住んでいる家を撮影してから去っていった。

二時間ばかり待ったが有森はもどってこなかった。彼はほぼ毎日出掛けるというが、いったいどこへいくのだろうか。彼がここへ腰を据《す》えた理由は、石倉永平に会うためではないか。石倉の行方はいまも分からないので、さがしまわっているのか。

有森は夜には帰ってくる。茶屋もこの家を撮影した。

比布駅の近くの食堂でカレーを食べたあと、石狩川の岸辺に車をとめた。全長二六八キロメートルで北海道最長の川である。上川盆地、石狩平野を著《いちじる》しく蛇行して、日本海の石狩湾に注いでいる。流れは無数に転がっている白い石を洗っていた。ここには観光客も川遊びの人もいなかった。羽が白く頭の黒い鳥だけが石の上を渡っていた。

岸辺の草の上に腰を下ろして、夏見に電話した。

「えっ、見つかった」

彼女は悲鳴に似た声を出した。「有森さんは、だれかと一緒なんですか？」

「独り暮らしです」

家主と近所の人に聞いた有森の日常の断片を話した。

「不自由じゃないのかしら」

「不自由だと思う。しかし彼には、やらなくてはならないことがあるんです。彼は執念を糧《かて》にして、毎日を生きているんじゃないかな」

今夜は有森に会う、と茶屋は告げた。


有森が住んでいる家の前へもどったが、ガレージに車は入っていなかった。

頭上をカラスが鳴きながら去っていき、幕が下りるように山影が消えると、日が暮れた。宅配便の車が通った。近所の家の窓にぽつりぽつりと灯が入った。有森が住んでいるというのが嘘《うそ》のように、その小さな家だけはなんの変化も起こらなかった。

茶屋はその家をじっと見ていることに飽きて、あたりを一周して一時間後にもどってみたが、空き家になったように押し黙っている。

出直すことにした。自分には原稿を書くという仕事があるのだ。

旭川のホテルに着くと、寺山刑事と駐在の岩内に、有森には会えなかったことを伝えた。

　金沢市十三間町は犀川右岸。そこに石井政信という古老がいる。その人の親はかつて、にし茶屋街でお茶屋を経営していた。そのころ界隈《かいわい》の人たちが、姉弟と思われるうす汚れた格好の子どもを見掛けるようになった……と書いたところへ夏見が電話をよこした。

「いま、有森さんに会っているんですか？」

　耳元にささやくような声だ。

「きょうは会えなかった」

　茶屋は、有森が夜になっても帰ってこなかったことを話した。

「有森さん、なにか危険なことをしているんじゃないでしょうか？」

　茶屋も、それを考えないではなかった。

「わたし、あした、そちらへいきます」

「会社は？」

「休みます。辞めさせられても、いいです。わたし有森さんに会って、いわなくてはならないことがあるんです。彼はもどってきてくれないかもしれないので、直接、いいたいことが……」

　茶屋は、あしたも有森が住んでいる家へいくといった。

　夏見は、有森に未練ありげないいかたをした。手紙やメールでは嫌なのだ。

　週刊誌に連載の一回分を書き上げた。何年も前からの悪い癖で、ペンを置くと一杯飲みたくなる。なにかをちょっと食べたくなる。

外へ出るとふと、昨夜とけさ見掛けた母娘と思われる二人を思い出して、ゆうべの居酒屋へ入った。母娘はいなかった。どこに住んでいるのか、ある思いを振りきって、帰っていったのではないか。壁ぎわの席では、無精髭《ぶしょうひげ》を伸ばした初老の男が、店に流れている演歌が目にしみているような顔をして酒を飲んでいた。


ホテルのレストランで朝食を終えたところへ、寺山が若い刑事とともにやってきた。寺山も有森に会いたいのだ。有森がさがしている人間に会いたいのであり、その人間から訊きたいことがあるのだ。

茶屋が、刑事の車を誘導した。

有森の家のガレージには白の軽自動車が入っていた。部屋の窓が開いていて、カーテンが風に揺れていた。

茶屋が掛けた声に応答はなかったが、窓のカーテンが開いて中背で痩せぎすの男があらわれた。口のまわりに半白《はんぱく》の髭が伸びている。茶屋は有森を写真で何度も見ていたし、げんに数年前に撮ったものといわれる写真をポケットに入れている。年齢は承知しているし、体格は夏見からも、出版社の人からも聞いていたが、想像していた人とは雰囲気がちがっていた。

「有森竜祐さんですね？」

素肌に洗いざらしの白いシャツを着ている髭面に問い掛けた。

「有森です」

低い声だが、力強い。

茶屋が名乗ると、

「お名前は存じ上げていますが……」

なぜここへきたのかと、有森の顔はいっていた。

「有森さんにどうしてもお会いしたくて、いらっしゃるところを何週か前からさがしていました。きっかけは、唐沢夏見さんの話です」

茶屋は、後ろに立っている二人の刑事を紹介した。現住所をさがすには警察の手を借りる必要があると思いついたからだともいった。

有森は、一段高い位置から茶屋の話を聞いていたが、眉間の縦皺をほどくと、家へ上がってくれといった。

「仮住まいですので、座布団もありません」

茶屋たちはカーペットの床にあぐらをかいて有森と向かい合った。

有森は、ここがよく分かったものだといった。

「有森さんは、この土地の人ではない。土地の人にあなたは目立っているんです。なぜここに住んでいるのかにも関心を持っている人がいます」

　茶屋がいった。

「そういうものですか。私は意識しなかったし、できるだけ目立たないようにと心がけているつもりでしたが」

　茶屋は、有森の二人の娘に会ったことも、ここをさがしあてるまでの過程をも話した。どうしても会いたくなった理由は、金沢において犀川沿いの事件を知ったからだ。事件とその推移を知ると疑問が湧いてきた。有森が夏見との暮らしを打ち切るようにして、この比布町へきた理由にもたどり着いた。

「有森さんにとっては、犀川沿いの事件は未解決。事件を解決させるためには、どうやっても会わなくてはならない男がいる。その男は、金沢を出て、各地を転々としたあと、比布か、この町の近くに住んでいることを突きとめられた。その男をつかまえるのは、時間の問題という段階にきているんですね？」

　有森は、髭の顎《あご》に手をやって茶屋の顔を見すえていたが、

「そのとおりです。よくお調べになりましたね」

「問題の男は、田中与四郎を名乗っている石倉永平ですね？」

「そうです。石倉は七十一歳です」

「彼の住所を突きとめられそうですか？」

「もう一歩です。以前、旭川で田中与四郎と一緒に仕事をしていた何人かから情報を集めた結果、現在住んでいるところの範囲を絞り込むことができました。そのヒントは女です。田中の女を何度か見掛けた人がいたんです。その人は、田中と女はいまも一緒に暮らしているにちがいない、といいました。それできのうも、女を何度か見掛けたという場所を張り込んでいました」

だが、きのうは田中と同居している女性の姿を見ることはできなかったという。

そこは比布町の西端で旭川市境に近い。有森はきょうもそこへいくつもりだったといった。

有森は、十数年前に一緒に働いていた人が撮ったという田中与四郎の写真を黒いバッグから取り出した。工事現場での集合写真のなかから、彼の顔だけを拡大したものだというが、

「この写真は役に立たないような気がします」

「どうしてでしょう？」

「十年ぐらい前に田中に会った人の話ですが、一緒に働いていたころとは、別人のような顔になっていたということです」

「太ったとか、痩せたとか？」

「いいえ。いくぶん吊り上がっていた目が垂《た》れていて、高くてとがっていた鼻が低くなっ

ていたそうです」

茶屋は、有森がいったことをメモした。ペンを動かしているうちに、ある人間を思い出した。会ったこともないし、写真を見たこともないが、金沢市では名士のひとりだ。さの美容整形クリニックのオーナーの佐野清人である。犀川沿いの事件は、佐野のある行為が発端《ほったん》だった。事件では彼は被害者とみられていた。が、この見方は、事件発生から十五年あまり経って、疑問視されることとなった。

3

茶屋のジャケットの内ポケットが振動した。夏見の電話だった。

「ただいま旭川空港に着きました」

彼女はまるで茶屋に招《よ》ばれたようないいかたをした。

茶屋は有森を見ながら、目下、彼に会っているのだといった。

「わたし、そこへまいりましょうか？」

「いや。ちょっと待って」

有森にケータイを渡そうとすると、彼は、旭川の市街地のホテルかレストランにいるようにといった。茶屋は、滞在しているホテル名を教えた。

有森はなにかいいたそうだったが、喉をのぼってきた言葉を呑《の》み込んだようだ。彼は思いついたように膝を立てた。小型冷蔵庫からリンゴの缶ジュースを出してきて、木製の盆に置いた。四人は呼吸を合わせたように栓を抜いた。

有森が運転する軽自動車を、レンタカーの茶屋と寺山たちの車が追った。

寺山は出る前に、有森はきわめて危険なことをしている、といった。有森は、田中与四郎を名乗っている石倉永平の住所を突きとめようとしているが、石倉のほうは有森の接近に気付いているかもしれない。石倉は犀川沿いの事件にかかわっている可能性があり、それがために四十九年ものあいだ逃げまわっているのだ。事件はとうに時効だが、犯罪の事実は消えていないのだから、彼は命がけの逃亡をつづけている。いまも歩きながら背後を振り返っているだろう。いつも追っ手を意識している。窮鼠《きゅうそ》猫を噛むという結果になりかねないと、有森に忠告を与えた。

田園地帯を通り抜けると小高い山の近くに住宅がかたまっていた。道路が南に真《ま》っ直《す》ぐ延びているところに、コンビニエンスストアがぽつんと建っていた。有森はそこでとまった。彼は、かつて田中と一緒に暮らしていた女性の容姿を田中の元同僚から教えられ、それを頭に刻みつけているらしかった。その人を見つけたらあとを尾《つ》けることにしていたのだった。女性は五十代半ばだろうという。この界隈に住んでいるとしたら五年か六年前からだ。有森はそういう情報を細《こま》かく集めたうえで比布の住宅を借りたのだ。

寺山は署にもどって上司と打ち合わせるといった。署員を何人か集め、この付近へ五、六年前から住むようになった人の割り出しをするといった。有森の執念だけでは、目的を達成するまでに何年を要するか分からないと読んだようだ。田中与四郎こと石倉永平が有森の疑いどおりの人間なら、刑事としては真実を知りたいにちがいない。

「先生は、いまなにしてるんですか？」

ハルマキから電話がきた。

「北海道旭川市の近くで、きょうも人さがしをしているんだよ」

「いつまでかかりそうなんですか？」

「そんなことは分からない」

「じゃ、着替えなんかに困っているでしょ？」

「それは、なんとかしている」

「わたし、そっちへいきましょうか。足りないものを持って」

その必要があったら連絡する、と茶屋はいった。

ハルマキには牧村が、電話してみろと尻を叩いたのではないか。

コンビニで買った缶コーヒーの栓を引き抜いたところへ、牧村が電話をよこした。茶屋は車の陰にしゃがんで有森に会ったと話した。

「茶屋先生は、有森さんをさがして長い旅をつづけていた。有森さんは疑惑に包まれた男を追って、北の果てまで……」

北の果てまでというのは、いささか大げさだが、有森の執念が実りつつある予感を話した。

「私が必要なときはいってください。あしたにでも駆けつけますので」

「あんたは顔が広いが、旭川近辺にも知り合いがいるのか？」

茶屋は金沢の芸妓《げいぎ》の桐香を思い出した。牧村と桐香は二、三年前からの知り合いだったのだ。

「残念ながら、旭川には……」

牧村にも、手を借りたくなったら連絡するといって電話を切った。

日没まで張り込んだが、きょうも石倉らしい男も、彼と一緒に住んでいるのではとみられている女性も姿を見せなかった。付近にはここ以外にコンビニはないという。石倉はいつかはここへあらわれると、有森は確信して張り込みをつづけていたのだ。その狙《ねら》いがちがっていなければ、石倉をつかまえられるチャンスはあると茶屋も見て取った。

旭川市中心部のホテルへは、茶屋の車が有森を誘導した。フロントの前にはチェックインの客が何人もいた。茶屋と有森は広いロビーを見渡した。大理石の角柱の陰のソファに女性の後頭部が見えた。有森にはそれが夏見だと分かり、忍び足の格好で彼女の正面へ立った。夏見は待ちくたびれてか、眠っていた。有森と茶屋はソファに並んですわった。

夏見は、ネイビーブルーのブラウスに海浜の砂のような色のパンツだった。白い布のバッグを寒そうに抱いている。横には濃茶色の旅行鞄が置かれ、それの取っ手にはオレンジ色のスカーフが結《ゆわ》えられていた。彼女は足を組もうとしたのか膝を動かし、うす目を開けた。目に映っているのが夢なのか現実なのかを判断しようとしていた。ふた呼吸かみ呼吸ののち、完全に目を開けた。その目はたちまち光りはじめ、光った粒を落とした。唇が震えた。有森に向かってなにかをいおうとしているが、声と言葉にならなかった。

有森が上体を彼女にかたむけて謝まった。横に茶屋がいなかったら手をにぎり合ったことだろう。

「わたしのほうこそ」

彼女は、有森と一緒に暮らすことにした動機をいっているのだった。

三人はレストランへ移った。茶屋は、有森と夏見を向かい合わせにさせた。

「少し痩せたみたいだけど」

ビールを一口飲むと、夏見が有森にいった。

「そうか」

彼は半白の髭を撫《な》でた。からだに異状はないということらしい。ビールをうまそうに飲み干すとおかわりをした。有森はしばらく肉を食べていないというので、ステーキをオーダーした。

「この旭川へは、数えきれないほどきているが、私の追跡はあと一週間で打ちきる。私のにらんでいる男が石倉永平ではないかもしれないと思うこともある。石倉であっても、そうでなくても、打ちきる。そのあとは……」

彼はいいかけて口をつぐんだ。

「北海道に住みたいんですか？」

夏見はさっきから、ハンカチを何度も目にあてている。

「いや」

「東京にはもどりたくないんでしょ？」

「ああ」

鉄板にのった肉が運ばれてきた。

三人は黙ってナイフとフォークを手にした。

寺山刑事から電話が入った。

「比布駐在の岩内から、調べた結果の報告がありました。六年前に梅津今日子《うめづきょうこ》という現在五十六歳の女性が借りた家が見つかりました。梅津が入居して一か月ばかり経ったころから、彼女よりずっと歳の上の男が同居しはじめ、いまも一緒に住んでいます。……梅津は一七〇センチ以上の長身で、髪を明るい色に染めているそうです。どこかに勤めているらしくて、毎朝、軽自動車で家を出ていきます。同居の男は、近所の農家から畑を借りて、野菜をつくっています」

犀川沿いの事件を扱った金沢中署は、梅津今日子の同居人の男に関心を持って、本名を訊き出してもらいたいと旭川中央署に依頼したという。

寺山をふくむ数人の刑事は、あすの朝八時に、きょう張り込みをしたコンビニ前に集合することが決まったといった。

寺山からの電話の内容を有森に伝えると、彼は急に下唇を突き出した。その顔は「面白くない」といっていた。彼は、梅津今日子かどうかは分からないが、長身で、年齢不相応の服装をする女性を自力でさがしていたのである。ところが警察は組織力を活かして一組の男女の所在を突きとめた。有森が長年をついやして集めた情報の結晶を、一夜にして警察にさらわれそうなのである。梅津と同居している男が石倉永平なら、警察は彼から過去の事件との関連を徹底的に聴取するだろう。有森の手の届かないところでそれは行われるかもしれないし、彼は真相を知ることができないまま、事件には幕が下ろされる結果にもなりかねない。

「あしたの朝は、私たちもコンビニの前へいきましょう」

茶屋は、険しい顔つきになった有森を勇気づけるようにいった。有森は強く顎を引いた。彼にしてみれば、今夜中にも梅津今日子が住んでいる家へ乗り込みたいのだろう。

三人は食事を終えると、ホテルの最上階のバーへ移動した。広い窓には旭川の夜が映っていた。オレンジ色の無数の灯りの中央を、赤い光が真っ直ぐに動いている。車のテールランプだ。それは風に押されたようにひっきりなしに真っ直ぐ走り、ある地点でぴたりととまり、とまっていた時間を取りもどすように動き出し、やがて小さくなった。夏見は、血のような色のカクテルグラスを前に置いたが、髭を伸ばした有森の横顔を見つめつづけていた。

4

七月八日朝、コンビニの裏側の細い道を出てきた軽自動車を、警官が停止させた。運転している女性は窓を下ろした。警官は免許証の提示を求めた。茶髪の女性は五十代半ばだ。「なんなの」と若い警官に訊いた。若い警官は寺山に女性の免許証を見せた。彼女は梅津今日子だった。

寺山は背を丸くして顔を車の窓に近づけた。

「どちらにお勤めですか?」

「市場です。どうして、そんなことを訊くんです?」

男のような太い声だ。

「あなたと一緒に暮らしている七十歳ぐらいの男性の名を教えてください」

「どうして？」

「警察として必要なことなんです」

「田中です」

「フルネームは？」

「田中与四郎」

「本名ですか？」

「ええっ。本名でしょ」

「田中与四郎さんの運転免許証か公簿を、ご覧になったことがありますか？」

「なかったと思います。本人に訊いてくださいよ。家にいますから」

彼女は、ハンドルに掛けていた手で髪を掻き上げると、寺山と果《はた》し合いでもするように車を降りた。寺山よりも上背がある。彼女を五人の私服警官が囲んだ。その後ろに有森と茶屋が立っている。彼女はそれぞれを確かめるように見まわすと、

「いったい、なにがあったんですか？」

と、いくぶん穏やかな訊きかたをした。

「あなたは、田中さんの出身地や経歴を、お訊きになったことがありますか？」

「出身地は青森だそうです。経歴なんて……」

彼女の声は細くなった。

あとで訊くことがあるのでと、寺山は彼女の電話番号と勤務先名を正確に訊いて控《ひか》えた。

彼女は、「急ぐので」というと車に乗って去っていった。これから自宅でなにがはじまるかが気にならないのか。気にはなったが勤めのほうが大事なのだろう。

寺山がトウモロコシ畑のなかへ声を掛けた。鍔広の帽子をかぶった男が立ち上がった。両目の下には袋がたるんでいて、むくんでいるような顔が、近づく男たちを見渡した。寺山が身分証を示して、

「田中与四郎さんですね？」

と尋ねると男は、ほんの少し沈黙して首だけで返事をした。訊きたいことがあるのだというと、田中は畑を出てきた。ゴム長靴を履いていた。

畑の横に車がとまった。駐在の岩内だった。

田中の表情はますます険しくなった。

「あなたは、田中与四郎と名乗っているが、本名は石倉永平さんですね？」

田中は寺山をにらむように見てから俯いた。

「これからは、本名を呼ばせてもらいます。旭川中央署へ一緒にいっていただきたいが、その前に……」

寺山は有森に目顔を送った。

有森は寺山に並ぶとフルネームを名乗った。

「私は二十六歳まで、金沢に住んでいました。生まれたところじゃないが、故郷と同じです。金沢には現在、娘と姉が住んでいます。……何十年も前から、石倉永平さん、私はあなたをさがしていた。そういえば、私がなにを訊きたいかが分かるでしょ？」

石倉の顔は蒼ざめた。無表情を装ってはいるが胸のなかは穏やかではないようだ。彼は帽子を脱ぐと低い声で、家のなかへ入ってくださいといった。

屋内の調度はととのっていた。梅津今日子はやや乱暴な口の利きかたをしたが、清潔で几帳面《きちょうめん》な性格のようだ。

有森と茶屋と寺山ともう一人の刑事と岩内の五人が入って、石倉をにらんであぐらをかいた。寺山と肩を並べた有森が、ひとつ咳払《せきばら》いをしてから切り出した。

「四十九年前、金沢の犀川沿いで起きた事件を、詳しく話していただきたい。それをなぜ訊きたいかというと、犀川で首に深い傷を負った遺体で発見された神谷由佳利と私は親しい間柄で、ゆくゆくは夫婦になるつもりでした。事件などにかかわるような人ではなかった彼女が、殺された。警察は彼女の身辺を詳しく調べたが、危害を加えるような人物は浮かんでこなかった。……由佳利が何者かに襲われたのは、佐野という川沿いの家のすぐ近くだった。佐野という家は放火され、焼け跡からその家の主婦の素絵さんが刃物の傷を負った遺体で見つかった。由佳利は、その家の人たちとも交流はなかった。いつも通る川沿いに、佐野という家があることすらも知らなかったと思う」

そこで有森は背筋を伸ばした。一息入れたのだ。

石倉は、畳《たたみ》の目でも数えているように顔を上げずにいる。

「警察は、殺された佐野素絵さんの夫の佐野清人さんと親交のあった高松文典さんを、殺人と放火の疑いで密かに行方を捜していた。高松さんは金沢を逃げ出したらしく、行方をつかむことができなかった。佐野清人さんの知り合いのうちでもう一人、疑わしい人物がいた。その人も事件直後、金沢から姿を消した。石倉さん、あなたのことです。……私は、佐野さんの身辺を調べていた人の話から、素絵さんを殺して放火し、歩行者の由佳利まで殺して逃走したのは、あなただとにらんでいた」

石倉の頭が動いた。額が光っている。しきりに動揺しているらしい。

有森は、さっきよりも大きく咳払いした。自らに気合いを入れたようだ。

「事件から十五年が経過したのちのある日、高松文典さんが出頭してきて、佐野素絵さんを台所にあった包丁で刺したうえ、家に火をつけたことを自白した。そのころのあなたは、すでに北海道へ移っていて、報道で高松さんが名乗り出たことを知ったことでしょう。……それまで警察は、由佳利を殺したのも高松さんではとみていたようです。事件の時効は成立していたが、警察は高松さんから犯行の経緯を詳細に聴いた。事件を起こした高松さんは次の日、報道で神谷由佳利という女性が殺されたのを知って驚いたようです。彼には身に覚えのないことだったから。……由佳利はあなたに首を切りつけられ、犀川へ投げ込まれた。彼女はたまたま、川沿いの道を通っていただけだ。あなたと彼女は、知り合いでもなんでもなかった。そういう人を、あんたはどうして……」

有森は息遣いをちがえてか、噎《む》せて、苦しげな咳をした。ハンカチを口にあて、呼吸をととのえた。

「石倉さん。あなたはどうして、あの事件の現場にいたんです。高松さんは、単独で佐野家に侵入したといっているし、石倉永平という人は知らないといっている。あなたは高松文典さんとは知り合いでしたか？」

石倉は俯いたまま震えるように首を横に振った。

「答えてください。なぜあそこにいたのか、なぜ見ず知らずの由佳利を殺したのかを」

石倉は急にからだを動かすと正座した。畳に両手をついた。太い指と厚い手を八の字につくと、

「申し訳ありません」

と、震える声を出し、額を畳に押しつけた。

有森は腕を組み、石倉の半白頭をにらみつけた。石倉は、手をついたままいやいやをするように頭を何度も動かした。

十分以上経ったが石倉は頭を上げなかった。

寺山が石倉の頭に顔を近づけた。

「神谷由佳利さんを切りつけたあと、犀川に突き落としたのは、あんたなんだね？」

石倉はうなずいた。蛙《かえる》のように這《は》ったままあとずさりした。

「そうか。よし分かった。あとは署で細かいことを話してもらおう」

寺山は這いつくばっている石倉の肩を軽く叩いた。石倉はゆっくりと上半身を起こした。

「あんたは十年ぐらい前と顔立ちが変わっている。目や鼻を整形したんだね？」

寺山が訊くと、石倉はぶるっと胴震いしてからうなずいた。垂れている頰の肉が落ちるのではと思うような揺れかたをした。

5

比布駐在の岩内だけを残すと、石倉永平を取り囲むようにして全員が旭川中央署へ移動した。

身元確認などの手続きのあと、石倉は取調室へ移された。金沢中署へは身柄確保が連絡された。寺山が事情を聴くことになった。

茶屋と有森は控室の椅子に掛けた。女性職員がお茶を出してくれた。

「私が取調室で、血がにじむような尋問をしたかった」

有森は拳でテーブルを叩いた。

「それを私も見たかった」

茶屋も拳を固めた。

ほぼ二時間経った。寺山が控室へやってきた。彼は、怒りが治まらないような赤い顔をしていた。女性職員が湯気の立ちのぼるお茶を持ってくると、氷を入れた水をくれといった。

寺山は氷の入った水を一気に飲むと、石倉永平から聴いたことを説明した。

――四十九年前の三月、石倉は金沢の愛生会病院の医師である佐野清人に呼ばれた。佐野は地下駐車場の隅で、『おまえ、金に困っているっていったよな』と、切り出した。そのときの石倉は、金沢市内の運送会社でトラック運転の助手をしていた。一緒に暮らしていた女に、もらったばかりの給料を袋ごと持ち逃げされて一文なしになった。そのため、住所が近くて、子どものころからの知り合いだった佐野に五、六日分の食費相当の現金を借りたかったのだ。『困っています』というと、『きょうの夜九時に、人目につかないようにして、おれの家の勝手口を見張っていろ。そこから男が出てくる。そいつは現金を百万円持っている。おれの家内が貸した金だ。そいつを脅《おど》すか、叩くかして金を奪って逃げろ。なにがあっても、きょうここで、おれと会ったことは絶対に喋《しゃべ》るな。どうだ、やれるか?』

石倉は、『やります。その男は、ほんとに百万円持っているんですね?』

『まちがいない。盗ってきたら、半分くれてやる』

『その男は、奥さんとはどういう関係なんですか?』

『主婦だけがいる家へ、勝手口から入って勝手口から出ていく。主婦はまとまった金を貸す。どういう関係なのかの想像はつくだろ』

『分かりました。やります』

石倉は、佐野にいわれた時刻に、犀川沿いの佐野家に近づいた。人目のないのを確かめると、勝手口のある路地へ忍び込んだ。と、そのとき、屋内で物音がして、勝手口のドアのガラスが赤くなった。電灯ではなさそうだと思ったとき、ドアが開いた。ものの焦げる匂いがして、黒っぽい服装の男が転がるように出てきた。

『やい。この野郎』と、石倉は怒鳴ったような記憶がある。しかし出てきた男は石倉に気付く様子もなく、出てきた家を振り向いた。勝手口から屋内に風が入ったらしく、ごーっと鳴り、炎が見えた。『火をつけたのか』石倉は震え上がった。男は、出刃包丁を棄てると、川沿いの道を走り去った。石倉の背後で、女性の悲鳴が上がった。若い女性が、バッグを胸に押しあて、目玉がこぼれ落ちそうな目で石倉を見て、叫んだ。それは『わわっ』といっているようであり、『ひゃっ』といったようでもあった。そして彼女はあとずさりした。石倉は首を横に振ったような気がする。彼女は口に手をあて、なおも叫び、窓が真っ赤になった佐野家を指差した。石倉は、足元で光を放った出刃包丁を拾い上げていた。ぬめっとした感触をつかんだ。悲鳴を上げた彼女は背中を向けて逃げようとした。五、六歩追いかけた彼は、女性の頸を包丁で切りつけていた。彼女の頸は血を噴いた。屋内でなにかが爆発した。炎が鳴りはじめた。彼は暗がりに倒れた女性を抱き上げると川岸へ寄って、暗い川へ投げ落とした。ふたたび包丁を拾った。

佐野家は燃えさかった。人声が聴こえた。石倉は川上へ向かって走った。自分がなにをしたのか、なぜこうなったのか混乱が頭で騒いだ。気付くと包丁をつかんでいた。川へ投げ棄てた。そして走った。川沿いの道で振り返った。佐野家のあたりの空がぼうっと赤く見えた。彼は川岸の木の下にうずくまった。

次の日、石倉は会社を休まなかった。休めば疑われそうな気がしたからだ。

佐野素絵は焼死体で発見されたが、遺体には刃物で刺された傷があったと新聞に出ていた。

その次の日の新聞には、佐野家の焼け跡のすぐ近くで血だまりが見つかっていた。そこから約四〇〇メートル下流の犀川で若い女性の遺体が発見され、神谷由佳利だと分かった。彼女の死因は溺死だが、首には刃物で切られた傷があった。のちの調べで、佐野家のそばの血だまりは彼女が何者かに襲われた現場だったと判明、と書いてあった。

石倉は佐野に会った。佐野から、『神谷由佳利という人を殺したのは、おまえか？』と訊かれた。石倉は、そうだと答えた。『罪のない者を、なんで殺すんだ』佐野らしくない言葉だと思ったが、石倉は黙っていた。

『金沢から消えろ』と佐野はいった。それまで縁のなかった土地へいけといった佐野だが、『青森の野辺地に住んでいる人に、おまえの住む場所を手配してもらった。そこへいけ』といって当座の生活費をくれた。『おまえは不器用だ。だから通行人に手を掛けるような羽目《はめ》になってしまった。これからは息をひそめるようにして、静かに暮らせ』

石倉は佐野に金沢から追い出されたのを知った。金沢にいると捕まりそうだ。石倉が挙げられると、その後の自分の人生に支障が生じると考えたのだろう。

石倉は青森県内から北海道へと転々と移動した。二年に一度は佐野に連絡を入れた。佐野は、石倉との間柄を警察にはつかまれていないといっていたが、石倉の存在が邪魔だったにちがいない。十二年前だったか、石倉が佐野に電話したところ、用事があるので金沢へくるようにといわれた。逃亡者になってからはじめてのことだった。佐野は、さの美容整形クリニックへ石倉を深夜に招いた。全国にいくつもない設備だと、彼は院内を見せた。『おまえの目鼻立ちを少し変えてあげる』といわれたときは、殺されるのではないかと思った。クリニックの手術台に仰向いたとき、殺されてもかまわないという気になっていた。しかし、メスが入ったのは顔だけだった。佐野は、根無し草となった石倉を、いつかは利用するつもりでいたのではないか……

石倉永平は、事情聴取のために金沢中署へ移された。四十九年も前の事件だが、『人を殺した』と自供したのだから警察は前後の事情を詳しく聴く必要があった。

金沢中署の取調官は、

「金沢市下谷町に住んでいた住吉英彦さんを知っていましたね？」

と尋ねた。

「知りません。どういう人ですか？」

「三十三年前に、浅野川で遺体で発見されたルポライターです」

「さあ。私は会ったことのない人だと思います」

「住吉さんは、神谷由佳利さん殺しの犯人をさがしているあいだに、不幸な目に遭っています。事件の十五年後に名乗り出た高松文典さんが、神谷さんを殺したのは自分ではないといったので、住吉さんは事件を掘り起こすことにしたんでしょうね。作家の有森竜祐さんとも連絡を取り合っていたんです」

もう一人、不審な死にかたをした人がいると取調官はいい、東京都品川区に住んでいた北畑市男さんを知っていたかと訊いた。

「いいえ。その人は……」

「住吉さんと同じルポライターでした。北畑さんも三十二年前に浅野川で遺体で発見されました。不審死です。殺されたのではとみた人は少なくなかったようです。北畑さんも有森さんと接触していました。有森さんは、住吉さんと北畑さんの調査を受け継ぐ格好で、あなたの行方を追いかけていたようです」

犀川沿いの事件の真相を調べていたと思われる二人の不審死について、なにか感じることがあるのではないか、と取調官は皮膚のたるんだ石倉の顔を凝視《ぎょうし》した。

石倉はなにかをいいかけたが、首を振って口をつぐんだ。口に出していいかどうかを迷っているようにみえた。

「あなたが自首したり、捕まっては困る人がいるんじゃないですか。その人をあなたはかばっているんじゃなくて、恐がっているのでは？」

石倉は、そうではないとも、どちらでもないとでもいうふうに、もじもじと動いていた。

取調官は、追及の口調をあらためると、高松文典の自供内容を話した。

……市場に勤めていた高松は、医師の佐野清人と親交があった。まとまった金額の現金が必要になった。そのことを佐野に話したところ、佐野は自宅の台所に百万円の現金をしまい込んでいるので、空き巣狙いに化けてその現金を盗めといって、妻が外出している時間帯を教えたし、勝手口の鍵も渡してくれた。高松は佐野に教えられた時刻、教えられたとおりに、佐野家の勝手口から忍び込んだ。台所の流し台の下のすり鉢のなかにはたしかに札束が入っていた。それをポケットに入れたとき、背後から声が掛かった。外出しているはずの主婦がいたのだ。あわてた高松は、目の前にあった出刃包丁をつかんだ。主婦はわめき声を上げた。高松と主婦とは顔見知りだった。主婦も動転したので、ただわめき声を発しただけではなかった。高松の頭には困惑と混乱の火がつき、自制が失われた。彼はそれまで聞いたことのない言葉と声を主婦から浴びせられているうち、包丁を彼女に突き刺した。前後を忘れて、火をつけた。台所は一瞬にして燃え上がった。で、外へ飛び出した。佐野家から遠ざかることしか頭になかった……

「石倉さん。あなたも、佐野清人にいわれて、犀川沿いの家の勝手口に近づいたのでしたね」

取調官は、軽く肩を叩くように穏やかに問い掛けた。

石倉はそのときだけ、強くうなずいた。

金沢中署は、その日のうちに佐野清人を呼んだ。いや、市内東山の自宅にいた彼を、四人の捜査員が呼びにいき、事情聴取したい旨《むね》を告げて、連行したのである。

佐野は七十八歳だが、七、八歳は若く見えた。週に一度はゴルフをやるので、陽焼けして皺の少ない肌には艶《つや》がある。特別な手入れをしているのかと取調官が訊いたが、彼はそれには答えなかった。

「石倉永平さんとは、親しかったそうですね?」

「石倉……。どういう人ですか?」

「佐野さんは十二年前に、北海道にいる石倉さんを呼び寄せて、顔を整形してあげているじゃありませんか」

「私は、医師ですので。……しかし、患者の名はいちいち憶えていません。いっておきますがね、私の知人に、石倉という人はいませんよ。世間には、私と知り合いだとか、親しいとかといっている人が何人もいるようです」

「あなたと石倉永平さんは幼なじみです。子どものころ、一緒に遊んだでしょ?」

「憶えていません」

住吉英彦と北畑市男の名には記憶があるだろうと訊いたが、

「患者ですか?」

と、訊き返した。

警察は、佐野が住吉と北畑の不審死にかかわっていそうだとにらんだが、いまとなっては時効だし、その証拠を挙げることはできそうになかった。

6

茶屋は、北雪新聞記者の富永ひろ子を入院先へ見舞った。

彼女の鼻と口は透明のマスクでふさがれていた。肝機能障害の手術を受けた彼女の顔は、ひとまわり小さくなったように見えた。

茶屋は、北海道の比布町で有森の住所をさがしあてたことと、彼が追い求めていた石倉永平の住まいも突きとめ、彼の犯行を有森とともに聞いた経緯を話した。

「何十年も前の事件を、よくぞ」

彼女はマスクのなかで苦しそうにいった。

「富永さんの話が役立ったからです」

茶屋がいうと、富永は蒼白い顔の目を細め、腕を伸ばした。茶屋は彼女の手をにぎった。弾力を失った冷たい手だった。

「私はこれから、四十九年前に犀川沿いで発生した事件と、その現場から逃げていき、一生を棒に振ることになった二人の男のこれまでを、書きます」

「犀川だけでなく、浅野川で命を落とした二人の男のことも」

「はい、それも。……有森竜祐さんは、雑誌の小説焦点に、事件の犯人を、金沢から北海道へ追っていく小説を連載することが決まったそうです」

「茶屋さんは、女性サンデーでしたね」

「金沢の花街《はなまち》にあらわれた幼い姉弟を、お茶屋の主人が世話をする場面からはじめます」

「いい話ですね。有森さんはなんていうタイトルでお書きになるのかしら」

「『宗谷本線』だと聞きました」

「わたし、学生のとき独りで、宗谷本線の各駅停車に乗って、終点の稚内《わっかない》までいきました」

彼女は、どこかが痛むらしく目を固く閉じた。


七月の連休の翌日、東京は今年の最高気温を記録した。この日の夕方近く、外出からもどってきたサヨコが珍《めずら》しいことに、大衆紙の『日刊真相』を買ってきて、「はい」と茶屋のデスクに置いた。それには「黒い整形医」というタイトルが躍《おど》っていた。金沢市の整形外科医である佐野清人のスキャンダルが二ページにわたって記事になり、さの美容整形クリニックの写真も載っていた。「犯罪者を形成する奸計《かんけい》」「限りなく黒い軌跡」というサブタイトルが付き、「最低四人を殺す導火線」とも書かれていて、「天誅《てんちゅう》」という久しく目にしていなかった字句も使われていた。記事によると、美容アドバイザーである妻・詩帆と、クリニック院長の長男は、一年以上前から東山の家を出て、清人とは別居している。県や市、それから医師会の公職はことごとく剝奪《はくだつ》されたとあった。スポンサーであった製薬会社もその余波で色々調べられ、裏金が発覚し、倒産寸前だという。

新聞記事を読み終えたところへ、有森が電話をよこした。もし都合《つごう》がよかったら夕食を一緒にしないかという誘いだった。

茶屋は応じることにした。

「夏見も一緒です」

「有森さん。うちの事務所には、飲み食いが生き甲斐《がい》という二人がいますが」

「知っています。お二人をぜひお連れになってください」

電話を切った有森から、今夕の食事処の地図がファックスで送られてきた。場所は赤坂。

「夏見が、一度はいってみたいといった、鎌倉の野菜と三崎《みさき》港に揚《あ》がった魚の店です」とあった。それを見せると、サヨコとハルマキは、急所でも蹴られたような声を発し、両手を高く挙げた。

二、三日前に有森がいったことだが、彼は長年暮らしてきた東京を引き払って、金沢へ転居するのを決めていた。

有森はかつて夏見に、自分の寿命は二年ぐらいだと話した。病院での内視鏡検査を受けたさい、胃に腫瘍《しゅよう》があるのが分かり、その患部を切除した。このとき医師に、『やがてがんになる可能性があるので、年に一度検査を』といわれた。有森は、腫瘍を切除しなかった場合どうなるのかを訊いた。医師は、『がんになったら、二年か三年で人生を終えることになる』といった。彼は一抹の不安を感じて寂《さび》しくなったが、やり残していたことの決着をつけたくなった。それと残された人生が二、三年かもしれないので、その間好きな人と暮らしてみたくなった。それで夏見に対しての嘘を思いついた。二年ぐらいなら彼女は一緒に暮らしてもいいといってくれそうな気がした。今度は夏見に金沢で暮らしたいと希望を話した。すると彼女は、いつまでも一緒に暮らしたいといったという。有森は何年かぶりで小説の執筆に取りかかる。その作品の冒頭の舞台は金沢にちがいなかった。

金沢には四つちがいの姉と、彼の娘がいる。姉の昭子は養老施設で暮らしているが、その職員に向かって毎日、「竜ちゃんは?」と訊くのだという。

「ハルマキ。そろそろ支度《したく》をしようよ」

パソコンの前からサヨコがいった。事務所を出ると決めた時刻にはまだ三十分はあった。外での食事は初めてのことではない。

「まだ早い。そわそわするな」

茶屋は二人を叱《しか》った。

「女は、支度が大変なの。先生は気にしなくていいから」

サヨコとハルマキは衝立《ついたて》の向こうへ消え、ロッカーに付いている鏡に顔を近づけた。

牧村が電話をよこした。いきなり、原稿はすすんでいるかと訊かれた。

「順調だ。だが今夜は、有森さんに招ばれている」

「どこへ？」

茶屋はファックスの地図を手にして、店の名を答えた。

「ええっ。その店、前からいってみようと……」

牧村は有森に電話して、きょうの会食に加えてもらうことにするという。

「金沢へ転居なさってからの有森先生には、毎号、『金沢ノート』とでも題して、昔はあだったが、いまはこうなっているというふうな、日記を織り込んだエッセイをお願いしたいもんですから」

「現地発信か。そりゃいい」

電話を聞いていたサヨコは、会食の席に牧村が加われば、料理の味も一段上がると、うすい唇をはやく動かした。サヨコとハルマキは、食事のあと牧村を嗾《けしか》け、飲んでうたうところへ繰り込むのを期待しているにちがいなかった。

参考文献

『金沢を歩く』山出保　著（岩波新書）
『金沢めぐり　とっておき話のネタ帖』（北國新聞社）

著者注・この作品はフィクションであり、登場する人物および団体は、すべて実在するものといっさい関係ありません。

（この作品『金沢 男川女川殺人事件』は、平成二十七年七月、小社ノン・ノベルから新書判で刊行されたものです。なお、本文中の地名なども当時のままとしてあります）

金沢 男川女川殺人事件

一〇〇字書評

切・り・取・り・線

購買動機（新聞、雑誌名を記入するか、あるいは○をつけてください）	
□（　　　　　　　　　　　　）の広告を見て	
□（　　　　　　　　　　　　）の書評を見て	
□ 知人のすすめで	□ タイトルに惹かれて
□ カバーが良かったから	□ 内容が面白そうだから
□ 好きな作家だから	□ 好きな分野の本だから

・最近、最も感銘を受けた作品名をお書き下さい

・あなたのお好きな作家名をお書き下さい

・その他、ご要望がありましたらお書き下さい

住所	〒				
氏名		職業		年齢	
Eメール	※携帯には配信できません	新刊情報等のメール配信を 希望する・しない			

この本の感想を、編集部までお寄せいただけたらありがたく存じます。今後の企画の参考にさせていただきます。Eメールでも結構です。

いただいた「一〇〇字書評」は、新聞・雑誌等に紹介させていただくことがあります。その場合はお礼として特製図書カードを差し上げます。

前ページの原稿用紙に書評をお書きの上、切り取り、左記までお送り下さい。宛先の住所は不要です。

なお、ご記入いただいたお名前、ご住所等は、書評紹介の事前了解、謝礼のお届けのためだけに利用し、そのほかの目的のために利用することはありません。

〒一〇一-八七〇一
祥伝社文庫編集長　坂口芳和
電話　〇三（三二六五）二〇八〇

祥伝社ホームページの「ブックレビュー」からも、書き込めます。

http://www.shodensha.co.jp/bookreview/

祥伝社文庫

金沢《かなざわ》 男川女川殺人《おとこがわおんながわさつじん》事《じ》件《けん》

平成30年6月20日　初版第1刷発行

著　者　梓《あずさ》　林太郎《りんたろう》

発行者　辻浩明

発行所　祥伝社《しょうでんしゃ》

東京都千代田区神田神保町 3-3
〒101-8701
電話　03（3265）2081（販売部）
電話　03（3265）2080（編集部）
電話　03（3265）3622（業務部）
http://www.shodensha.co.jp/

印刷所　錦明印刷

製本所　ナショナル製本

カバーフォーマットデザイン　芥 陽子

Printed in Japan ©2018, Rintarō Azusa　ISBN978-4-396-34430-6 C0193

祥伝社文庫の好評既刊

門田泰明
ダブルミッション（上）
東京国税局査察部査察官・多仁直文《たになおふみ》。偶然目撃した轢《ひ》き逃げが、やがて政財界の黒い企みを暴く糸口となる！

門田泰明
ダブルミッション（下）
No.1査察官・多仁らによって暴かれる巨大企業の暗部。海外をも巻き込む巨大な陰謀の真相とは？

門田泰明
討ちて候（上） ぜえろく武士道覚書
幕府激震の大江戸――孤高の剣が、舞う、踊る、唸る！　武士道『真理』を描く決定版！

門田泰明
討ちて候（下） ぜえろく武士道覚書
四代将軍・徳川家綱《いえつな》を護ろうと、剣客・松平政宗は江戸を発った。待ち構える謎の凄腕集団。慟哭《どうこく》の物語圧巻!!

今村翔吾
火喰鳥《ひくいどり》 羽州《うしゅう》ぼろ鳶《とび》組
かつて江戸随一と呼ばれた武家火消・源吾《げんご》。クセ者揃いの火消集団を率いて、昔の輝きを取り戻せるのか!?

今村翔吾
夜哭烏《よなきがらす》 羽州ぼろ鳶《とび》組②
「これが娘の望む父の姿だ」火消としての矜持を全うしようとする姿に、きっと涙する。最も〝熱い〟時代小説！

〈祥伝社文庫　今月の新刊〉

島本理生
匿名者のためのスピカ
危険な元交際相手と消えた彼女を追って離島へ――。著者初の衝撃の恋愛サスペンス！

大崎　梢
空色の小鳥
亡き兄の隠し子を引き取った男の企みとは。家族にとって大事なものを問う、傑作長編！

安達　瑶
悪漢刑事《わるデカ》の遺言
地元企業の重役が瀕死の重傷を負った裏側に〝忖度〟と金の匂いを嗅ぎつけた佐脇は――

安東能明
彷徨《ほうこう》捜査　赤羽中央署生活安全課
赤羽に捨て置かれた四人の高齢者の身元を捜せ！　現代の病巣を描く、警察小説の白眉。

南　英男
新宿署特別強行犯係
新宿署に秘密裏に設置された、個性溢れる特別チーム。命を懸けて刑事殺しの闇を追う！

白河三兎
ふたえ
ひとりぼっちの修学旅行を巡る、二度読み必至の新感覚どんでん返し青春ミステリー。

梓林太郎
金沢　男川女川殺人事件
ふたつの川で時を隔てて起きた、不可解な殺人。茶屋次郎が、古都・金沢で謎に挑む！

志川節子
花鳥茶屋せせらぎ
初恋、友情、夢、仕事……幼馴染みの少年少女の巣立ちを瑞々しく描く、豊潤な時代小説。

喜安幸夫
闇奉行　押込み葬儀
八百屋の婆さんが消えた！　善良な民への悪行、許すまじ。奉行が裁けぬ悪を討て！

有馬美季子
はないちもんめ
やり手大女将・お紋、美人女将・お市、見習いのお花。女三代かしまし料理屋、繁盛中！

工藤堅太郎
斬り捨て御免　隠密同心・結城龍三郎
隠密同心・龍三郎が悪い奴らをぶった斬る！　役者が描く迫力の時代活劇、ここに開幕！

五十嵐佳子
わすれ落雁《らくがん》　読売屋お吉甘味帖
読売書きのお吉が救った、記憶を失くした少年――美しい菓子が親子の縁をたぐり寄せる。